怪物

脚本 坂元裕二
監督 是枝裕和
著 佐野 晶

宝島社文庫

宝島社

［目次］

怪物

I

周囲を山に囲まれたその町は、中央に大きな湖があった。

美しい景観に加えて、温泉が湧きだしていることもあって、まもなく訪れるゴールデンウィークには、観光客が多くやってくるはずだ。

午後九時を回って、町は静かに眠りの準備をしているようだった。

だが、半鐘が激しく鳴って、静寂は破られた。

続いて、消防車のサイレンが町中に響きわたった。

ひとけのない湖のほとりを、一人歩く少年らしき人影があった。

ヒューヒューと風切り音がしているが、それは少年が〝うなり笛〟を鳴らしているためだ。切り込みを入れたプラスチック容器を長い紐《ひも》にくくりつけて、クルクルと振り回すと、笛のような音が出て、回す速度によって音の高さが変化する。

少年は湖の対岸に目を向けていた。繁華街にある雑居ビルから火の手が上がって、消防車がそこに向かって走る。

その様子を眺めながら、少年は手にしていたロングノズルのライターを

火事の様子を見ようと、野次馬たちが、家から出て、通り

興奮状態になった大人に反応して、子供たちも連絡

大人もそれをとがめなかった。

三人の少年たちが、消防車の後ろを全力で追いかけていた。二人は自転車だが、自転車を持ち出せなかったのであろう一人が、全速力で駆けている。

消防団員に「危ないからやめなさい」と叱られているが、少年たちも興奮状態で、まったく耳に届いていないようだ。

赤く町を照らす炎と、赤色灯、そして通りに出て話し込んでいる人々。笑みを浮かべている人も少なくない。

サイレンの音がなければ、それはまるで祭礼のようだった。


盛大なサイレンの音を聞きながら「近くじゃないな」と、麦野早織《むぎのさおり》は階段を上がっていく。

小さな一戸建てを、たっぷりのローンを組んで購入したのだが、夫の事故死で支払われた保険金で、すでに全額返済している。

階段を上がりきると「湊《みなと》～」と、呼びかけた。

早織の息子の麦野湊は小学五年生だ。三年生までは、早織と同じ部屋で眠っていたのだが、四年生になると「一人で寝たい」と言いだした。

家を購入した時から、湊のための部屋を二階に用意していたので、そこにベッドを入れた。

するとは、早速段ボールと色紙を使って、カラフルなプレートを作り部屋の扉にぶら下げた。こういう工作が小さいころから湊は得意だった。だがそのプレートには〝入らないで〟と手書きされていた。

一人では寝られないだろうと早織は思っていたが、予想に反して、湊は一人で寝ていたし、夜中に恐《こわ》くなって早織のベッドにもぐり込んでくるようなこともない。

早織は寂しさに苛《さいな》まれながら、逆に深夜に寝入っている湊の部屋に忍び込んで、少しクセがある湊の髪をそっと撫《な》でたりしているのだ。

湊は夕食を終えると、しばらくは早織と一緒にテレビを見ているが、次第に部屋に行ってしまうことが多くなった。部屋で友人とラインなどをしているようだが、早織は少し心配していた。

「湊～」と、もう一度呼んで、早織は二階の洋間に面した窓を開けて、ベランダに出た。

湖面に赤色灯と炎が映り込んでいる。サイレンと半鐘は鳴りやむ気配がない。

だが消防車は現場に到着して、放水の準備をはじめているようだ。

すると背後に湊の気配を感じた。

「見て見て」と早織は声をかけて、湊の表情をうかがった。

少し眠そうにしているが、好物のパピコを食べている横顔は明るい。〝思春期〟には早い、と早織は思っていたが、そんな年頃に差しかかっているのは間違いない。

湊は五年二組の中でも大きい方だ。その面差しはどちらかといえば、亡くなった父親の若いころに似ていたが、夫婦の良いところを集めたような綺麗《きれい》な顔だちだな、と早織はいつも思う。少し長めの髪も似合っている。

湊はベランダに裸足《はだし》のまま出てくると、その柵に足をかけて、身を乗り出した。

「ちょっと落ちないでよ」

早織は湊のパーカーを引っ張って下ろした。

湊はポケットに隠していたものを、取り出す動きをしている。

なにか、と思って早織が目を向けると、湊の手が早織に向かって伸ばされた。

頰に冷たいものが押し当てられた。

パピコだった。湊が幼いころから好きなので、冷凍庫に常備している。

湊の手からパピコを受け取った。

パピコは二個で一対になっているアイスだ。バラで売ればいいのに、と当初はこれが不思議で仕方なかったが、二人でいる時に、分け合って食べるのが、なんとなく嬉《うれ》しかった。

かつては夫と分け合ったし、今は息子が分けてくれる。

パピコを食べながら、湊は普通の世間話をしているような口調で、意外なことを尋ねてきた。

「豚の脳を移植した人間は？　人間？　豚？」

湊の顔をあらためて早織は見なおした。だが湊の横顔に異変はない。

「なんの話？」

「そういう研究があるんだって」

マンガにでもありそうな話だったが、そんな無意味な研究が、実際にあるとは思えなかった。

「誰がそんなこと言ったの？」

すると湊は一瞬、答えに窮したように見えた。だがすぐに答える。

「保利《ほり》先生」

五年二組の担任教師だった。なんとなく、つかみどころのない男性教師だ。

「最近の学校は変なこと教えんだね。それ、人間じゃないでしょ……」

言いかけたが、早織は言葉を飲み込んだ。目の前の景色《けしき》に意識を奪われてしまった。

火の手の上がる雑居ビルに、ハシゴ車がハシゴを伸ばして、放水をはじめたのだ。

こんなところは滅多に見られない。

「はじまった」

早織はベランダの手すりから身を乗り出して、大声を出した。

「がんばれ！」

湊がうんざりした声でいさめる。

「近所迷惑」

湊が早織の袖を引っ張ったが、かまわずに早織は声を張り上げた。

「がんばれ！」


一時的に火勢は衰えるものの、なかなか鎮火しなかった。早織は一一時過ぎに身体が冷えてしまって、ベランダから部屋に戻った。

湊はとっくに自室に戻って、眠ってしまったようだ。

風呂を沸かしなおして、冷えた身体を温めてから、早織がベッドに入ったころには一二時を回っていた。


いつもより三〇分ほど、ベッドに入るのが遅くなっただけなのだが、早織は寝坊してしまった。

あわてて湊を起こして、おにぎりと味噌汁《みそしる》の朝食を食べさせた。

着替えのために部屋に上がっていった湊が、階段を駆け下りてくる足音がした。

ランドセルを担いで、玄関に向かっていく。

早織は麦茶を湊の水筒に注ぎながら、玄関に声をかけた。

「待って」

返事はなく、ドアを開ける音がした。

早織は半分しか入らなかった水筒を手にして、外まで追いかけた。

「待って。水筒」

行きかけていた湊が、ようやく気づいて戻ってくる。

今日から運動会の練習がはじまるのだ。水分補給は水道水より、麦茶を飲ませたかった。

湊の表情を探る。笑みこそないが、明るいと言っていい顔つきだ。

水筒を手にすると、すぐに行こうとする湊の背中に声をかけた。

「組体操はさ、下の子が一番肝心なんだから、頑張りなさいね」

もう背中を向けて走っていて、湊は返事もしなかった。

「いってらっしゃい」

やはり返事はない。最後に「いってきます」と言って出かけたのは、いつだったろうか、と考えてみたが、思い出せない。

家の前の道はガードレールがないが、車の通行量は少なくない。

湊が幼いころから、前の道路で遊ぶことは厳禁だった。そして歩道と車道を分ける白線を越えて歩くことも、同じく禁止していた。独自の〝ルール〟を作って。

「あ、白線はみ出したら地獄」

振り向かずに「子供の時でしょ」と湊は走っていく。少し楽しげな声に聞こえた。湊はジャンプして、隣家の庭から突き出しているサルスベリの枝に触れようとしたが、まだ届かない。その姿は幼いころの湊と変わらない。

「子供じゃん」

早織はそうつぶやいて、家の中に戻った。


早織は近所にあるクリーニング店で働いていた。午前一〇時から午後四時までのパートタイムだ。老夫婦が営むクリーニング店で、夫婦が洗濯物を手仕上げしていて、チェーン店に比べると少々割高だが、人気のある店だ。

早織は店の受付と、洗濯物の整理と収納、配達と回収を担当している。扱う洗濯物の数が多いことと、昔ながらの設備のままなので、当初予想していたよりも体力が必要だった。

それでも二階にある保管場所に、洗濯済みの服を運ぶのは五〇年前に設置されたエレベーターだった。これがなかったら、本当に重労働になっていただろう。

エレベーターの始動ボタンを押すと、ガチャンと機械音がして大量の洗濯物が二階へと移動していく。エレベーターは人が乗れない仕様なので、早織は階段で二階に行って、洗濯物にビニールをかけたりして、仕分けるのだ。

「すみませ～ん」

店先で声がした。受付カウンターに呼び鈴が設置してあるのだが、それを押す客は稀《まれ》だった。

「は～い」と早織が店先に出ると、知った顔があった。

広橋理美《ひろはしさとみ》だ。湊と同じクラスの男子の母親だった。同級生の広橋岳《がく》と湊は、ずっと同じクラスで仲良しだったが、クラス替えがあって蒲田大翔《かまただいと》が同じクラスになってから、湊は少し岳とは距離を置いているようだった。

理美が持ってきた冬物の服を預かって、早織がポケットの中を確認する。時にポケットからお金が出てきたりすることもあって、預かる前に欠かせない作業だった。

「今さ、前、通ったら全焼だったよ」と理美が声をひそめる。

全焼とはいっても、鉄骨造のビルなので、建物はそのまま残っていた。ただ古いビルなので防火設備が万全ではなく、階段などに置かれた物に次々と引火して、一階で上がった火は、最上階の七階まで達してしまったようだ。

しかし、幸いなことに人的な被害はなかった、とテレビのローカルニュースが伝えていた。

「一時ごろまで、消防車の音、聞こえてたもん」

火の手がなかなか収まらないので、近隣の市から消防車の応援を呼んだようだった。

すると理美が一層声をひそめて、顔を近づけてきた。

理美の悪い癖だった。そういう時はきっと人の噂《うわさ》話なのだ。そしてそれは、ほぼ間違いなく醜聞に近い内容だった。

「三階に、女の子がいる店、あったの知ってる？」

早織はうなずいた。

「短いの穿いた子が、ティッシュ配ってたよね」

早織が見かけた時は、女性は上着を羽織っていたが、かなり短いスカート姿だった。

さらに理美が声をひそめた。

「聞いたんだけど、その店に保利先生がいたんだって」

あまりに意外な名前が出てきたので、早織は息を飲んだ。湊の担任の保利は、三〇代で未婚だった。そんな店に出入りしなくとも、不自由はしなそうに見えたが、あのなんとも言えない不思議な感じは、〝モテない〟かもしれない。

「先生がガールズバーってね」と続ける理美に、早織は「……さみしいのかな」と返した。

だが理美はまるで聞いていないようで、嫌悪感丸出しで、顔を歪《ゆが》めた。

「すぐ広まっちゃうからね、そういうのはね」

早織は曖昧にうなずいて、レジを打ちはじめた。


クリーニング店では、時折残業を頼まれる。季節の変わり目などは特に忙しくなるのだ。

今日も、早織は大量に持ち込まれた洗濯物の整理に追われて残業をしていた。

仕事を終えたのは、午後六時の少し前だった。

あわてて家に向かう。夕食の材料はなんとかなるから、といつも寄るスーパーマーケットの前を素通りして、家路を急いだ。

湊には家の鍵を渡してあるので、帰宅時に困ることはない。だが空腹を抱えて、一人で家で待っている湊の姿を想像するだけで、切なくなる。

玄関に入ると、早織は靴を確認した。いつも通りにきちんと揃《そろ》えられた湊の靴があった。

「湊〜、ごめん」

だが居間からはテレビの音がしないし、照明も灯《とも》っていない。二階の湊の部屋に向かおうとしたが、浴室で水の音がした。

「ごめん、ごめん。すぐにゴハンにするからね」と言いながら、脱衣場にやってきた。浴室には明かりがあって、湊がシャワーを浴びているようだった。今日は少し汗ばむような陽気ではあったが、早織に促されることもなく、自らシャワーを浴びるのは珍しい。

早織は少し胸騒ぎを覚えながら、浴室の扉を開けようとしたが、なにかを踏んだことに気づいた。

「え？　やだ。なに？」

足の裏を見ると、髪がべったりとくっついている。

床には、毛が落ちていた。洗面台にもあって、髪を切ったのであろうハサミが出しっぱなしになっている。

湊の髪だろうか。胸の不安が大きくなる。

湊は整頓ができる子だった。部屋の片づけも早織が手伝うようなことはない。週に一度の掃除機がけの時も、その必要がないほどだ。

もし湊の髪の毛だとしたら、このあわてようは、なんなのだろう？　ハサミで切り、髪の束を床に投げ捨てたまま片づけることもなく、シャワーを浴びている。

浴室の扉を開けようとしたが、中から押し返された。

「今、全裸」

その声の調子はいつも通りで、少し胸のざわつきが鎮まった。

だがチラリと見えた湊の髪は、かなり短くなってしまっていた。

「なに？　なにそれ？」

すると水の音とともに、湊の声が返ってきた。

「校則違反」

これまで小学校で、頭髪で注意された子の話を聞いたことがなかったし、そもそも校則があることさえ、早織は知らなかった。

「くせっ毛のこと？」

返事がない。

だったら床屋に行けばいいのに……、と思ったが、お小遣いは渡しているが、散髪代をまかなえるほどの金額は渡していなかった。

だとしても、これは異様な事態だった。しばらく考えて、すぐに頭に浮かんだのが蒲田大翔のことだ。はじめての授業参観で目にした大翔は、学年で一番身体が大きくて、やんちゃそうな子だった。まだ同じクラスになってから日が浅かったが、大翔が中心になって岳や、浜口悠生《はまぐちゆうせい》らが、一部の男子生徒をターゲットにして、からかったりするのが嫌だ、と珍しく怒った顔で、湊が早織に訴えたことがあったのだ。

話を聞いてみると、どうやら大翔は、湊を仲間に引き入れようとしているらしい。だが、湊は距離を取っていた。それを感じたのだろう。大翔に「麦野くんは、あっち側に行けばいいじゃん」と言われたそうだ。

「え？　蒲田くん？　また蒲田くんに、なにか言われたの？」

だがやはり返事はない。

「なに？　なにこれ？」

途方に暮れて、早織は床に散らばった髪の束を見回した。


いくら問い詰めても、湊は髪を切ってしまったことについて、明確な説明をしなかった。ただ髪を切った方がいいかなって思った、としか言わないのだ。校則違反と言ったことについて問いかけても「別に叱られたわけじゃない」と言う。

大翔のことをあらためて尋ねたが、これは明確に「関係ない」と否定した。

責めあぐねて、早織は湊の髪をしげしげと見た。自分で切ったにしては、髪形はおかしくなかった。器用だな、と場違いな感想が浮かんできてしまう。

やがて湊は部屋にこもってしまった。

学校に相談に行ってみようか、と早織は思ったが、翌日には湊は、普通に登校していた。

学校に相談したところで、解決するような問題でもないと思いなおして、早織はいつも通りにパートに出かけたのだった。

早織は、いつにもまして湊の様子を観察するようになっていた。だが体の不調を訴えることもなく、不機嫌な様子も見られない。食後にテレビを見ている時も雑談に応じるし、笑顔も見えた。

ただ長い髪が煩わしくて切りたくなった、というだけだったのかもしれない、と早織が思いはじめたころに、ゴールデンウィークに突入した。

毎年、ゴールデンウィークにはどこにも出かけない。どこに行っても混んでいるし、クリーニング店は冬物のクリーニングが押し寄せる時期であり、休みづらいのだ。湊もどこかに行きたい、などと要求もしない。むしろ、早織が一緒に出かけようと誘うと、迷惑そうな顔をする。最近では、近場の買い物にも、一緒に行ってくれなくなった。

湊は四年生まで、放課後は学童保育に預けていて、夕方五時にお迎えに行っていた。五年生になっても早織は学童保育に預かってもらいたい、と思っていたのだが、定員オーバーとなって、五年生は特別な事情がないと、学童保育に受け入れられないと通知されてしまった。湊は「行かなくていいよ」と平気な顔をしていたので、早織も諦めたのだった。

学童保育に預けていた同級生の母親たちとは、時折会って、食事をしたりするようになっていた。

その席で聞かされたことが、早織の頭をよぎった。

最近は、息子が私と一緒に外出するのを、露骨に嫌がっているのが辛《つら》い、とこぼした母親に、皆が共感している時だった。

ある母親が「まだまだ、これからだよ」と言いだしたのだ。彼女は小学五年生と中学一年生の男の子の母親だ。

上のお兄ちゃんが六年生になったころ、部屋のごみ箱からごみを回収しようとした時、自慰の痕跡を見つけてしまったというのだ。その瞬間の衝撃を彼女が語った。

早織のみならず、他の母親たちも、覚悟しているはずだ。それが成長の一過程であることは頭ではわかっている。でも、直視したくない。

母親が〝教育〟しようとすることは、むしろ逆効果のような気が早織はしていた。そんな時に思うのは、父親の存在だったが、考えても虚《むな》しくなるばかりだ。

早織は湊の最近の言動を思い返してみた。

髪を切ったことはやはり気になったし、買い物に一緒に行ってくれなくなったのは、寂しい。そして湊が大人になることは、ちょっとした恐怖でもあった。

でも、きっと湊は、湊のままだ。

そう思うと、早織は少し心が安らぐのだった。


ゴールデンウィークのクリーニング店の忙しさが去り、町中で観光客らしき人々の姿を見かけなくなった。そうなると少し寂しくなるものだった。

まだ五月半ばだというのに、三〇度を超える日があったりして、暑かった。

パートからの帰り道に、早織は少し遠回りをして、老舗《しにせ》の洋菓子店に寄った。毎年お願いしているバースデイケーキを受け取るためだ。

今日は死別した夫の誕生日なのだった。

ケーキの入った箱を手にして、玄関を開けて「ただいま」と声をかけようとしたが、早織の声はフェードアウトして消えた。

玄関にいつも揃えてあるはずの、湊のスニーカーが一足しかないのだ。右だけしかない。下駄箱の下にでも、左のスニーカーが入り込んでいるのか、と探したが、見当たらない。

右足のスニーカーだけで、歩いて帰宅したということなのか？　それとも汚れたかなにかした左足のスニーカーを、湊が洗って干していたりするのだろうか……。

新学年になったお祝いに新調したスニーカーだった。

早織は脳裏をよぎった疑念から、目を逸《そ》らした。それは早織が一番恐れていることだったからだ。

靴のことには触れずに、早織は湊と食事をした。

湊にいつもと変わったところは見当たらない。むしろ、普段より明るいように見えた。

取り越し苦労か、と思ったが、スニーカーが片方なくなっているということは動かせない事実だ。濡《ぬ》れたスニーカーがベランダや、物干し台にないかを探してみたが、見つからない。

だが早織は湊に尋ねることができなかった。

恐かった。

しかし、早織はあることを思いついた。今日は夫の誕生日なのだ。彼に働いてもらおう、と。

ダイニングの隣に居間があって、そこに仏壇があった。

仏壇の上にはラグビーボール、そして壁にはラガーシャツが張り付けてある。大学時代、そして社会人になってからも夫はラグビー部に所属していたのだ。ラグビーボールにもシャツにも、大学卒業時の仲間からの寄せ書きがびっしりと書き込まれている。

毎朝、お茶とごはんを仏壇に供えるのを早織は忘れていない。

仏壇に飾られた夫の遺影は、いつまでも若いままだ。そしていつも微笑している。早織はあまり遺影に目を向けない。

夕食を終えると、早織は買ってきたバースデイケーキを仏壇の前に供えて、四本のろうそくに火を灯した。

ろうそくの数に意味はない。二人分の小さなケーキなので、それ以上のろうそくを立てられないのだ。

「湊、ほら、こっち来て」

ダイニングテーブルでテレビを眺めていた湊が、仏壇の前に座った。

「♪ハッピーバースデイ、トゥーユー♪」

早織と湊は声を合わせて歌いだした。

歌い終えると、湊が拍子をつけて、鈴《りん》を連打した。

「やめて」と早織が言うと、すぐに湊はやめて、ろうそくを吹き消す。

ここでも湊は口笛を吹くように音を立てて、息を吹きだしている。

ろうそくを吹き消すと、早織はケーキを手にした。一応ホールケーキであり、チョコレートでできたプレートには〝たんじょうびおめでとう〟と書かれている。

ケーキをしげしげと眺めた早織は「またちょっと小さくなった」とぼやいた。毎年のことだが、料金は変わらないのに、少しずつ小さくなっているように感じた。

それでも二人で一度には食べることができなくて、翌日にも食べることになるのだが。

「お父さんなら、二口で食べちゃうな」

早織がケーキをキッチンに運びながら言うと、即座に湊が突っ込んだ。

「食べないでしょ。死んでるんだし」

「聞こえてるよ〜」と早織は仏壇の遺影を指さした。

湊は薄く笑っている。

まだ湊が幼いころに亡くなった父親だった。湊にはあまり父親の記憶がないようで、喪失感や、思慕の感情は薄いように早織には思えた。しかし、それは決して悪いことではなく、早織の子育てが、成功とまではいかなくとも、失敗はしていない証《あかし》だ、と思っていた。

しかし、夫を利用することもある。

「はい。じゃ、お父さんに近況報告して。学校のこととか、お友達のこととか」

〃なんで片方だけスニーカーをなくしたのか、とか〃と早織は口から出しそうになったが、その言葉は飲み込んだ。

湊は仏壇の前に座りなおした。

「声に出して言わないと、お父さんに届かないからね」

余計なことを言ってしまった、と早織は思った。湊は察しがいいのだ。だが、湊は顔を早織に向けて意外なことを言いだした。

「お父さん、お墓入る時、土かけられた？」

なぜそんなことを、と驚いていたが、すぐに当時の記憶が蘇《よみがえ》った。

夫の墓をどうするか、で義理の父母と少し揉《も》めたことが思い出された。結局、夫の骨は先祖代々の墓に納められた。

立派な墓だった。墓の下に開閉式の扉のようなものがあり、そこを開いて納骨していた。

自分もここに入るのか、と思うと、ちょっとぞっとしたことまで思い返していた。

以来、お盆には毎年、湊を連れて墓参りすることになったが、精神的にも肉体的にも、金銭的にも負担が大きい行事だった。

そんなことを考えていたが、湊はまっすぐにこちらを見つめて、答えを待っていた。

「土？　ううん。お骨になって骨壺《こつつぼ》に納めてから、お墓に入るんだから、土はかけられないよ」

湊は少し考える顔になった。

「もう生まれ変わってる？」

輪廻《りんね》転生のことだろうか、と早織は思ったが、その正確な知識がなかった。

「だったら、会いに来てほしいけどね」と茶化した。

「でもさ、生まれ変わったのがカメムシだったら、どうする？」と逆にからかわれてしまった。

湊の独特な発想力に早織は感心させられることが多かった。負けじと早織も切り返す。

「お父さんは、もっと立派なものになってるよ」

「じゃ、キリン？」

早織は吹きだしてしまった。

「見上げなきゃ、ならないね」

「上のベランダから会えばいいよ」

やはり我が息子は冴《さ》えている、と思いながら、切ってきたケーキを湊の前に置いた。

「お母さんは、馬がいいな。お父さん好きだったし、乗せてもらえるじゃない」

早織は遺影を湊に向けて置きなおした。

「ほら、近況報告して、お父さんに」

「でも、しゃべったら、お母さんに聞こえるよね」

やはり見抜かれてしまった。もう子供だましは通用しないかもしれない。

「わかったよ」と早織は湊の肩をポンと叩《たた》いて、ダイニングに退散した。

仏壇からは死角になるダイニングテーブルに座って、紅茶を飲みながら、早織は耳をそばだてた。

湊は小さな声で父親になにか報告しているようだ。かろうじて「友達できた」という言葉が聞き取れた。その後にもなにか言っていたようだが、早織には聞こえなかった。それでも湊の〝報告〟は決して悪い内容ではないと思えた。


翌朝、早織は時間になっても起きてこない湊が心配になって、部屋をノックした。

「うん」と返事があったので、そのまま扉を開けた。

湊はまだベッドでタオルケットにくるまったままだ。

手を伸ばして、湊の額に手を当てる。

「熱はないけど、どうした？　起きれない？」

口の中で、むにゃむにゃと答えにならないような声を発して、湊は寝返りを打った。

「学校休む？　病院行こうか？」

〝病院〟が一つのキーワードだった。病院で診《み》てもらうような症状がなければ、休んじゃダメだよ、という最後通告だ。

効果てきめんだった。

湊はなにも言わなかったが、首を横に振った。

「行ける？　じゃあ、起きて支度しようか」

そう告げてから早織は、またも置きっぱなしになっていた水筒を手提げから取り出して階下に向かった。

こういう時は、さっさと部屋を出ていくのがいい、と経験から知っていた。部屋にいればグズグズと時間だけが過ぎていく。

キッチンで、水筒の飲み残しを捨てようとして声が出た。

「なに？」

シンクに小石と泥が落ちてきたのだ。

水筒の中に入っていた……いや、入れられていた？

片方のスニーカーの紛失、水筒に泥。そして寝坊。

いじめ、という言葉がついに頭の中で像を結んでしまった。

すると、いつの間にかリビングに入ってきていた湊が明るい声で告げた。

「実験、理科の」

にわかには信じがたい言葉だった。理科の授業で、飲み水を入れる水筒に泥を入れる実験をするわけがない。

早織が声をかけようとしたが、湊はトイレに入ってしまった。

そのまま二階に戻った湊は着替えてから下りてきた。

早織が声をかける前に「ごはん食べてる時間ないから」と湊は言って、顔も見せずに玄関から出てしまった。

後を追ったものの、前の道路に早織が出たころには、湊の背中は遠く小さくしか見えなかった。

いじめられているのだとしたら、これはデリケートな問題だった。学校に相談に行こうにも確証がない。湊に尋ねるにしても「ない」と言われてしまえばそれでおしまいになってしまう。子供はいじめられていることを、「恥」と感じて家族に打ち明けることはしない、と聞いたことがあった。それに早織自身も中学生の時に、なんの前触れもなく、クラスメイトに〝シカト〟されたことがあった。苦しくて学校に行きたくなくなった。でも理由もなく休めば、両親に〝シカト〟されていることを話さなければならない。それが嫌で無理して学校に通ったものだ。だが数日後に〝シカト〟は消え失せた。あれはなんだったのか、といまだに早織は不思議に思う。

しばらく湊を観察することにした。

新たに購入したスニーカーは汚れていないか？　服やカバンにいたずら書きや汚れがないか？　顔に傷やアザはないか？　水筒やカバンに異物が押し込まれていないか？　教科書、ノート類に落書きをされていないか？

だが異変はなかった。〝水筒の泥事件〟から二週間が経過していた。


六月に入るとすぐに、短い梅雨《つゆ》が明けたように、連日三〇度を超える日々が続いた。

早織は湊の様子を探っていたが、いじめの痕跡は見られなかった。何度か、学童保育のママ友に連絡を取って、それとなく聞き出そうとしたが、いじめの噂も聞こえてこない。

少し安心しかけていたころに、湊が深夜に部屋でなにかする物音が聞こえて、気になって寝つけないことがあった。

午前一時を過ぎていた。

寝室を出て、湊の部屋の前で耳を澄ました。かすかに紙などがこすれるような音と、ハサミを使う音が聞こえてきた。

昔から工作が好きな子だったから、気にすることではない、と思ったが、深夜であることが気になった。

ノックをすると「なに？」と返事があった。

ドアを開けると、湊は机に向かっていて、アルミホイルを、幼いころに買ったプラスチックのサッカーボールに貼り付けているところだった。机の上には黄色い折り紙を段ボールに貼った〝環《わ》〟があった。どうやら組み合わせて、土星のようなものを作ろうとしているようだった。

「こんな遅くに」

「うん。もう寝る」

そう言いながらも、アルミホイルを貼り続けている。一瞬、早織に向けた、湊の目には輝きがあった。

なんのための工作なのだろう、と早織はいぶかしんだが、湊の目の輝きは、それが決して悪いことではない、と物語っていた。

「早く寝なよ」とだけ声をかけて、早織は寝室に戻った。

早織は久しぶりに、朝まで一度も起きずにぐっすりと眠った。

それから一週間ほど経《た》つと、また異変があった。

早織がパートを終えて帰宅したのが、夕方の五時半だった。家には湊の姿がなかった。

ランドセルと手提げ袋は、部屋の椅子にいつも通りに置いてあった。手提げ袋の中に空になった水筒が入っているのも、いつも通りだった。

湊は最近、家にいることより、放課後に出かけることが多くなっていた。遊んでいる相手は岳や大翔たちではないようだ、ということはわかっていたが、湊に尋ねてもはっきりと誰、とは言わないのだ。

無理に聞き出しても良くないし、楽しく遊んでいるようだから、そっとしておこう、と早織は決めたのだ。

だが手を洗おう、と洗面台の前にやってきて、早織の足がすくんだ。

風呂場の脱衣場を兼ねた、その場所にある洗濯カゴに、湊の服が入れてあった。そして体操着もだ。

なぜ体操着？　たしか今日は体育があったはずだ。それでも湊が自ら体操着を洗濯カゴに入れることは今までなかった。

体操着を取り上げてみた。すると今朝、着ていったブルーのＴシャツが見えた。それが汚れている。手にとってよく見てみると、それは絵の具のようだった。図工の時間に汚したのかと思ったが、かなりの量の絵の具が付着している。しかも茶、緑、黒など様々な色の絵の具なのだ。Ｔシャツの前面に集中している。

うっかり絵の具が付いてしまった、という付き方ではない。まるで誰かが湊のTシャツに、いたずらをしたようにしか早織には見えなかった。

またもいじめを疑いはじめた。湊は大翔たちとは相変わらず距離を取っているようだったが、新たな友達ができたようだ。それをやっかんで、大翔たちが湊を本格的に、いじめだしたのではないか……。

脱衣場で、早織は立ち尽くしていた。暑いはずなのに、身体が冷えていくのを感じていた。

いつのまにか時計が六時半を回っていた。

チリンと自転車のベルのような音が外から聞こえた。湊の自転車かと思ったが、すぐに聞こえてきた少年の声は、湊のものではなかった。

外に目をやると、もう辺りは薄暗くなっている。

こんなに遅くなることは滅多にない。

早織は携帯を取り出して、湊と仲のよかった子の母親に電話をした。

どの家の子供もすでに帰宅していたが、一様に湊の行方は知らなかった。

早織は学童保育のママ友たちのグループラインに、湊を見かけなかったか、と尋ねた。

湊を心配するメッセージはあるものの、見かけたという返信はなかった。

警察への通報を考えはじめた時だった。携帯に着信があった。

理美だった。息子の岳に聞いてみたところ、湊が自転車で走っていくのを見たのだ、という。

町外れにある鉄道の跡地付近で、塾に向かう車の中から、すれ違いざまに湊を見かけたという。隣町の学習塾まで、岳の祖母が車で送り迎えしているのだ。あまり人が近寄らない場所だったので、なにしてんだ、と岳は思ったそうだ。

鉄道の跡地は、たしかに誰も近寄らない場所だった。跡地というより〝廃墟〟といった方がしっくりくる場所だ。もう四〇年も前に、鉄道専用の鉄橋ができて、線路はそちらに移されたのだった。旧線路の下には水路があって、それが大雨のたびに溢水《いっすい》して運行不能となり、不便極まりなかった、と年寄りに聞いたことがあった。

目撃した場所は、かつて鉄道のトンネルがあった辺りだった。

感謝の言葉を告げるのも忘れて、早織は車のキーを取り上げて、自宅前に停《と》めている車に乗り込んだ。

もうすっかり陽《ひ》が落ちて暗くなっていた。

鉄道跡地まで車を飛ばしてきたが、早織は気が急《せ》いてしまって、運転がおろそかになってしまいそうだった。

だがすぐに自転車を発見した。反射板がキラリと光ったのだ。

車道に車を停め、外に出て、車に常備していた懐中電灯で照らすと間違いなく湊のものだった。一台だけで、友人の自転車は見当たらない。

舗装されていない道を、電灯で照らしながら歩いていく。街灯などはまったくなく、電灯を消したら真の闇になってしまう。

早織はゴクリと生唾を飲んで、深呼吸した。

湊は自発的に、ここにやってきたように思える。

歩を進めていくと、草が生い茂っていて、行く手を邪魔するほどだ。途中までは道に自動車の轍《わだち》があったが、もはやそれさえもない。

それでも人が歩いた形跡がある。草が踏みつけられているのだ。さらに脇にあった枯れ木に、カラフルな色が塗られたプレートがぶら下がっていた。〝いるよ〟と文字が書いてある。そのプレートは湊の手作りのように早織には思えた。

草をかき分けて進んでいく。

「湊！」

呼んでみたが、返事はない。

さらに進んでいくと、草むらが途絶えていた。コンクリートが地面に打たれている。目の前には暗いトンネルがあった。

耳を澄ますと、トンネルの中を水が流れる音がした。

この中に湊は一人でいるのだろうか。

「湊」

トンネルに早織の声が反響する。

やはり返事はない。

早織はトンネルを見たのははじめてだった。トンネルに崩落しているような箇所はなさそうだったが、足下には錆びついたレールばかりでなく、下を流れる水路が運んできたのであろうガラクタや石などが転がっていて、早織は足がすくんだ。

だが意を決して、電灯で照らして確認しながら進んでいく。

錆びたレールから足を踏み外して、早織は転びそうになった。かろうじて転倒することは避けられたが、恐くて先に進めなくなった。

トンネルの奥に目をやると、小さな光がチラチラと動いているのが見えた。

目を凝らすと、その光の軌跡が弧を描いている。手に持った携帯のライトをこちらに向かって振っているようなのだ。

「か〜いぶつ、だ〜れだ？」

間違いなく湊の声だった。しかもひどく嬉しそうな声だ。

〝怪物〟とはなんなのか？　早織は困惑しつつも呼びかけた。

「湊？」

湊らしきライトの光が消えた。振っていた腕を下ろしたようだった。

返事はない。だが早織は駆けだしていた。足下の石やガラクタで転びそうになるが、夢中で走って、湊を抱きすくめた。

抱いた湊の身体が、こわばっている。だがお構いなしに抱きしめる。

しばらく抱いていると、いきなり湊の身体がビクリと震えた。まるでなにかに驚いたかのように。

しかし、すぐに湊の身体から力が抜けていく。

なにも聞かずに、早織は湊を車の助手席に座らせて、自分は運転席側に回った。

湊の様子はこれまでに見たことのないものだった。怒っているのでもなければ、不機嫌なのでもない。それは、悲しげ……いや、それは大人びた〝憂い〟とでも形容したくなる顔だ。

その顔を見て早織は胸が締めつけられるような気分になった。

黙ってエンジンをかけて、車を発進させた。

車内は沈黙に包まれていた。

早織もあえて口を開かなかった。湊の左の耳たぶに、ガーゼがテープで貼り付けられていて、ガーゼに血がにじんでいる。それを見つけてから、心配で仕方なかった。絵の具の件と併せて考えると、これはなにか揉め事があったのは間違いない、と思えた。

「ごめん」と消え入りそうな声で、湊がいきなり謝った。

早織は、湊の言葉がはっきりと聞き取れなかった。

「うん？　耳、痛い？」

湊は黙って首を振り、しばらく考えているようだった。

「僕ね、お父さん……」

湊がなにか言ったのはわかったのだが、途中から対向車線を走るトラックの通過音でかき消されてしまった。

「うん？」と聞きなおしたが、湊は黙ったままだ。

しばらく待ってみたが、湊が話しだす気配はない。

〝お父さん〟と湊が言いかけたような気がしていた。

「ま、お父さんは、そんなもんじゃなかったけどね。ラガーマンだったから、ただいま～って帰ってきて、普通に複雑骨折してるんだよ」

思い出して早織は思わず笑ってしまった。会社での早朝練習で手をついて、左腕を骨折したのだが、入院することなく、ギプス固定をして、帰宅したのだ。

ラグビーの練習の再開も三カ月後、と医師に言われていたのに、二カ月後には復帰していた。

あのころは楽しかった、と早織は追憶に浸ってしまっていた。

助手席の湊の顔から、血の気が引いていることに気づいていなかった。

「お父さんに約束してるんだよ。湊が結婚して、家族を作るまでは頑張るよって」

早織は助手席の湊が、次第にうなだれていくことに気づかずに、話を続けた。こんな話を湊にするのは、はじめてだったのだ。

湊が車の後方に目を向けたことにも気づかなかった。

「どこにでもある普通の家族でいい。湊が家族っていう、一番の宝物を手に入れるまで、お母さんは……」

カチャリと助手席で音がした。早織にはなんの音なのかわからなかった。続けてドアノブを引き上げる音がした。

「湊……」と声をかけたが、返事がない。スピードを緩めて、助手席に目を向けた。

車内が暗くて、湊がなにをしているのかわからない。だが次の瞬間、車内灯が点灯して、助手席のドアを湊が開いて、車から落ちる姿がはっきりと見えた。

早織は手を伸ばして湊を摑《つか》まえようとしたが、間に合わなかった。その身体の動きでハンドルを左に切ってしまって、道を外れて草むらに突っ込んだ。

衝撃とともにシートベルトが、早織の身体に食い込んだ。

停車すると、早織はドアを開けて湊の安否を確かめようとしたが、シートベルトをしていることを忘れて「み、湊」と何度も呼びながら、車内で手足をバタバタさせるばかりだった。


異変に気づいて、早織が減速したことが、湊の命を救った。

骨折もなく、左腕と右膝の擦過傷と軽い打撲だけで済んだのは、奇跡のように早織には思えた。

小さな打撲が他にもいくらかあったようだが、医師は治療の必要はない、痛みが出たら痛み止めの湿布をして、と告げただけだった。

医師にも、実況見分に来た警察にも「車のドアを施錠せずに、走行していて半ドアだったようで、ドアが開いてしまって息子が落下した」と早織は説明していた。

もちろん嘘《うそ》だ。湊は自ら、シートベルトとドアのロックを外して、ドアを開けて〝落ちた〟のだ。

自殺……未遂……。

だが早織はその予想を頭から追い出した。意識的に考えないようにしていた。

湊にも、〝それ〟について問うことはしなかった。恐かったのだ。

医師に念のために、頭のCTを撮っておこう、と言われて、CT検査室の前のベンチに座って待っている間も、二人とも口を開こうとしなかった。

「麦野湊さん、検査室へどうぞ」

検査室から顔を出した男性の検査技師が、湊に声をかけた。

湊はすぐに立ち上がって、検査室のドアの前まで進んだが、まるでそこに見えない壁でもあるかのように、ピタリと止まってしまった。そして怯《おび》えた顔でCTの大きな装置を見ている。

湊の目には恐怖が宿っていた。

「念のためだし、診てもらお」

早織はそっと湊の背中に手を添えた。しばらく動かなかったが、早織が背中を静かに押すと、ようやく湊は検査室に入っていく。

ただその足は明らかに震えていた。


検査の結果はやはり問題なし、ということだった。

だがもちろん問題は大きかった。

早織はどう切り出して、湊の真意を探ればよいのかが、わからなかった。

病院を出てからも湊は、沈んだ様子だ。

早織が病院の出入り口にあった自動販売機で、お茶を飲もうと声をかけたが、「いらない」とだけ答えて先に一人で病院を出てしまったのだ。

冷たいペットボトルのお茶を二本買って、湊の後を追った。

背後からそっと近づいて、冷えたお茶を湊の首筋に押し当てた。

だが、湊はそれを無視した。

早織はお茶を湊に手渡した。湊はお茶を受け取って、ちらりと早織の顔色をうかがった。

早織は笑顔で、湊の前を歩いた。〝明るくしていよう〟と自分に言い聞かせながら。

「車」と後ろから湊が声をかけてきた。

「うん?」

「もう車、返してもらえない?」

実況見分の後、証拠品として早織の車は押収されてしまったのだ。

その理由は知らされなかったが、自動車は自走できる状態にあった。

早織は車を車道に戻して、湊を赤十字病院の救急に運ぼうと思っていたほどだ。だがあまりに動揺していて、運転ができそうもなかったので、一一九番に通報したのだ。

警察の方でも、早織が運転できる状態にない、と判断してレッカー移動してくれたのかもしれない、と早織は思っていた。

結局、早織は救急車に湊と同乗して赤十字病院に運ばれたのだった。

赤十字病院から、家まで歩けば三〇分近くかかる。タクシーを呼ぶことも考えたが、湊の怪我《けが》は大したこともなく、歩みもスムーズだ。

夜風が涼しい。湊と二人でゆっくり歩いて帰れば、なにか話してくれるかもしれない、と早織は心密《ひそ》かに期待していた。

振り返ると、湊が心配そうな顔をしていた。車を警察に押収されてしまったのは、自分のせいだ、と思っているのだろう。

少し離れた場所にある大型の安売りスーパーに、週に一度まとめ買いに出る際は車が必要だった。

「返してくれなかったら、お母さん、警察で暴れるよ」

早織がおどけて暴れる真似をしてみせたが、湊の顔に笑みはない。

「大丈夫だよ。返してくれる」と早織は根拠もないのに請け合った。

早織は車道と歩道の境になっている縁石の上に乗って、「ヨッ」などと言いつつ、バランスを取って歩きだした。

幼いころから湊の好きな遊びだった。よろけて、車道側に転んだりしたら、命にかかわる事故になる、と昔から禁じていたのだが、早織の目を盗んでは湊は縁石に上がるのだった。

湊がなにか言うか、あるいは一緒に縁石に乗ってくれるか、と期待していたのだが、湊が怯えたような声で問いかけてきた。

「お母さん、レントゲン見た？」

早織は足を止めて、湊の表情をうかがった。やはり怯えたような顔をしていた。

これまでに湊は何度か、レントゲン写真を撮ったことがある。腹痛で二回ほど、足の打撲で一度。だがこんなに怯えている理由がわからない。

「ＣＴね？　見たよ」

診察室で医師が、ＣＴの画像を見せてくれた。湊は「お母さん見てきて」と診察室に入ろうとしなかったので、早織は一人で医師の説明を受けた。

医師はただ「綺麗です。問題ないね」と早織に告げたのだ。

「うん？」と湊を振り返った。黙り込んでいるからだ。その拍子に縁石から落ちてしまった。

「ああ、地獄だ」と早織はつぶやいた。だがやはり湊は反応せずに、怯えた顔のまま黙って歩いている。

なにが湊を怯えさせているのかが、早織にはわからなくて、もどかしかった。直球で責めても、湊は後退して身をかわすだけだろう、と予想された。

「どこも異常なかったよ」と明るく答えてみた。

だが湊は歩みを止めてしまった。そして怯えた顔が、歪んで泣きそうになっている。

「なんともなかったよ……」

そう言いながら、早織は湊に向き合った。湊が苦しんでいる。なんだ？　なにが湊を苦しめている？

「どうした？　どうした？」

もはや変化球を投げる余裕を、早織は失っていた。尋ねながら早織も、切なくて泣きそうになってしまう。

湊は早織から視線を逸らしている。湊が苦しんでいる。どうしたら？　どうしたらいいの？

「どうした？　学校でなにかあった？」

湊はゴクリと生唾を飲み込んだ。だが顔を上げて、早織を見つめている。返事はない。

「食べるの遅いこと？」

かつて教師から「遅い」と指摘されて、湊はしばらくそれを気にしていた。

湊の顔には子供には似つかわしくない苦悶《くもん》があった。

「なんで髪、短くしたの？　なんでスニーカーなくしたの？」

早織は堪《こら》えきれずに、湊を質問責めにしていた。

早織は怪我をしている左の耳たぶに手を伸ばした。

「これ、どうしたの？」

だが湊はビクリと身体を震わせて、早織の手から逃れた。

湊の目に力が戻っていた。だがそれは暗い怒りを感じさせた。

「豚の脳なんだよね」

いつになく強い口調で湊が、言葉をぶつけてきた。豚の脳？

しばらく、早織はそれがなんだったのか、思い出せなかった。

「湊の脳は、豚の脳と入れ替えられてるんだよ！」

まるでやけくそで怒鳴っているような調子だった。だが、その目には涙がいっぱいに溜《た》まっていた。怒鳴るような声も涙でかすれている。

湊は走りだした。走りながら、弱々しい泣き声になって、その口調が嘆くような調子になった。

「そういうところ、なんか変っていうかさ、化け物っていうかさ……」

早織は湊を追った。豚？　入れ替えられてる？　化け物？

早足で逃げ去ろうとしている湊の背中にすがった。だが湊は身をよじって早織から逃げようとする。

「誰に言われたの？　蒲田くん？　蒲田くんでしょ」

それ以外に早織は思いつかなかった。これまでの湊の異変を並べてみれば、見えてくるのはいじめだ。クラスで湊をいじめていると考えられるのは蒲田大翔以外には考えられなかった。

なおも逃げようとする湊の前に回り込んだ。

早織は夢中で抱きとめようとしたが、湊はまるで猛獣のように暴れて、手にしていたペットボトルを、道路に思いきり投げつけた。

これには早織は驚いた。乱暴なことをする子ではない……むしろ乱暴なことは見るのも聞くのも、すべて苦手な子だ。

「誰に言われた？　湊、誰に言われたの？」

泣きながら、湊は黙っていた。早織は湊の顔に浮かんだ苦悶の表情を見つめていた。こんなにも湊を苦しませているものが憎かった。

早織は湊の言葉を待った。長い時間、湊の顔を見つめていた。

やがてこわばっていた湊の身体から力が抜けていく。

「……保利先生」と湊はつぶやいた。

早織は混乱していた。担任教師の名前が出てくるとは予想だにしていなかったのだ。

だが思い出したことがあった。火事があった四月の末、あの時、豚の脳を人間に移植するという話を湊がしていた。そういう研究があるんだ、と。その話をしたのは保利先生だ、とはっきり言っていた。

早織は呆然《ぼうぜん》としていた。

「お前の脳は、豚の脳に入れ替えられてるんだよ、化け物」と保利が言う姿が脳裏をよぎった。

保利のとらえどころのない虚《うつ》ろな顔が、早織の眼前に浮かび上がってくるようだった。


翌朝、早織は警察署に電話していた。押収された車を返してほしい、と願い出たのだ。すると呆気《あっけ》ないほど簡単に「引き取りに来てください」と告げられた。

湊からは、家に着くまでに保利から受けた〝虐待〟をいくつか聞き出すことができた。それは驚くべき内容で、怒りを禁じ得なかった。

学校には「体調不良で休ませます」と連絡していた。だが学校を訪れる、とは告げなかった。不意打ちにするつもりだった。

まず警察で車を引き取ると、そのまま学校に出向いた。

駐車場に車を停めて、早織は気を引き締めた。学校に苦情を入れるのは、はじめてのことだ。しかも担任教師による暴言と虐待が原因だ。

湊をあんなに苦しめて、そして自殺未遂……。

早織は傷ついてしまった車のバンパーを見ながら、大きく深呼吸した。

昇降口から入って、持参したスリッパに履き替える。緊張で手が震えているのがわかった。

直接、校長に〝相談〟するつもりだった。だが校長室がどこにあるのか、わからない。

すると廊下の床をコテで掃除している女性がいた。用務員のように見えたが、よく見ると校長だった。

「校長先生」と早織は呼びかける。

「これね、家で使ってたコテなのよ」

校長は、コテで床に付いた汚れを搔《か》き落としながら、独り言のように言った。しかし、早織に気づいて、気まずそうに詫《わ》びた。

「ごめんなさい」

「五年二組の麦野湊の母です」

あらためて早織が会釈する。

校長の伏見《ふしみ》は立ち上がって頭を下げた。

これまでに校長の姿を何度か見たことがあったが、話しかけるのは、はじめてだった。

すぐに校長室に案内された。校長室には一人がけのソファが三つに、三人がけのソファが一つのソファセットが置かれている。伏見は三人がけの端に座り、早織は一人がけのソファに座った。テーブルを挟んで伏見と向き合う形だ。

伏見は常に微笑しているようでいて、決して笑っているわけではない、という不思議な表情をしている。能面のようだ、と早織は思った。

向かいのソファに腰かけてからも、伏見は雑談をするわけでもなく、用件を尋ねるでもなく黙って前に座っているだけだ。

しびれを切らして早織から切り出した。

「担任の保利先生に、体操着袋を廊下に捨てられたり、授業の支度が遅れただけで、給食を食べさせてもらえなかったり……。そういうことがあったって」

伏見は小さなノートを取り出して、そこにメモをしている。早織の言葉を書き取っているのだろうが、まったく反応しない。早織の顔を見ようともしない。

「はい」と言葉では応じたが、やはり視線をノートに落としたままだ。管理すべき〝部下〟である教師の言動に驚いた様子も見せないのだ。

早織はさらに昨夜、湊が告白した驚きの虐待の内容を告げた。

「耳から血が出るくらい引っ張られたり。〝先生、痛いです〟ってお願いしたら、〝お前の脳は豚の脳なんだよ。痛い目にあわないと、わからないだろ〟って」

やはり伏見は平然と、ノートになにかを書き続けている。

「はい」と伏見がまるで感情のない声を出した。

「はい……？」と早織は不安になっていた。

そこにノックの音がして、男性教師が三人入ってきた。

教頭の正田《しょうだ》、学年主任の品川《しながわ》、そして神崎《かんざき》だ。いずれも早織が顔を見知った教師たちだった。

「遅くなりまして」と正田が頭を下げる。

神崎が声をかけてきた。

「お母さん、ご無沙汰してます、二年生の時の……」

早織は思わず笑顔になった。湊が二年生の時の担任だったのだ。

「神崎先生、どうも。え、今って……」

「一年生を担当してまして……」

「あ〜、大変でしょ」

「戦場です」と神崎は頭を掻いて笑った。

いつのまにか、神崎の後ろに伏見の姿があった。早織には目を向けずに、誰ともなく会釈して、校長室を出ていく。バッグなどを手にしているから、〝ちょっと退席〟ではないだろう。

どういうことか、と早織が思っていると、正面に座った正田がノートを机に広げた。

「え〜、ご用件をお聞かせいただけますでしょうか？」

向かいの三人がけに男性教師たちが並んで座った。

早織は伏見が逃げ出したドアをにらんでいたが、正田に目を移した。

「いや、今、校長先生に説明したんですけど……」と早織の声が尖《とが》った。

するとと用意していたかのように品川が「校長は所用がございまして」とすかさず取り繕った。しかし、早織の怒りを増幅させただけだった。

「生徒のことなんですよ？　他にどんな用があったって……」

正田が一礼して声をひそめた。

「校長は先日、お孫さんを事故で亡くされたばかりでして、その用件なんですが、どうしても、とのことでしたら……」

あわてて早織は、首と同時に手を振った。

「いえ、ごめんなさい。知りませんでした」

だとしたら、あのどこか上の空の伏見の対応は、孫を亡くしたショックが原因だったのか、と早織は心苦しく思っていた。

パートは休みをもらっていたので、学校からまっすぐに家に戻った。湊はお昼ごはんとして作って冷蔵庫に入れておいたチャーハンを、温めて食べていた。

良い傾向だ、と思った。だが湊の姿は一階にはない。二階に上がって部屋の外から「帰ったよ」と告げると「うん」と返事があった。

それ以上は語らずに、早織は階下に退散した。

落ち着いてみると、やはり伏見校長の態度には腹が立った。孫を亡くしたとはいえ、学校に来ているのだ、だとしたらそれは〝仕事〟だ。学校にいる間は、生徒の問題に集中するべきではないか。それなのに教頭に引き継ぎをすることもなく逃げるように去った。

そもそも孫が死亡したこととの用件ってなんだ？　葬式は済んでいるはずだ。例えば四十九日の法要があったとしても、午後に早退して法要に参加するなんてことが常識的な判断か？

教頭たちの反応は、伏見校長に比べれば、いくらか〝人間的〟だったとは思う。保利先生が怪我をするほど、耳を引っ張り、鼻血が出るほど湊の鼻を叩いた、と告げた時、息を呑《の》んでいるのがわかったが、謝罪を口にしたりはしなかった。あくまで聞き置いて〝調査〟すると言い続けたのだ。

事前に訪問することを伝えずに学校に押しかけたのには、意味があった。事前に連絡していたら、校長に会うことさえも不可能だったろう、と早織が洗濯物を取り込みながら考えていると、湊が階下に下りてきた。

「おやつ、食べる？」

早織が問いかけると「うん」と湊は、ダイニングテーブルに腰を下ろした。

おやつには少し遅い時間だったので、おせんべいを二人で一枚ずつ食べただけだったが、湊がお腹《なか》が空いた、と言うので、すぐに夕食にすることにした。

思えば湊は朝食を抜いていたのだった。

冷凍しておいたピーマンの肉詰めと味噌汁、サラダに加え、ギョーザを焼いて夕食にする。

湊はテレビをずっと見ている。どうやら、芸能人を騙《だま》して笑うどっきり番組らしい。画面の中で、最近よく見かけるようになった女性タレントが、ネタバラシに大仰な声でリアクションしている。

「やらせかな。普通、こんなのに騙される？」

テレビから目を離さずに湊は「テレビで見てるから、嘘だってわかるんだよ」と冷静に分析してみせた。

たしかに目の前で、よぼよぼに見えるお年寄りが、いきなりキレキレのダンスを披露したら、それがまさかバリバリのダンサーの変装だと普通は見ないだろう。ただただ驚くばかりになってしまう。つまり、それが騙された、ということなのだろう。

湊は夕方になって一階に下りてきてからは、異常は見えない。ただテレビを眺めているばかりだ。時折笑い声も聞けた。ただ湊も早織も、学校の話はしなかった。

テレビの中では女装のタレントが登場している。

「〝次のターゲットは、目下ブレイク中のミスカズオ〟」

ナレーションの紹介に続いて、ミスカズオが持ちネタを披露している。

「〝私のお肌、モッチモチよ〜〟」

たしかにもっちりとふくらんだ頬は〝モチモチ〟しているように見える。その頬を自分の人指し指でグリグリとするのが、ネタなのだった。

子供たちの間で、このギャグがなぜか人気を博しているようだ。

テレビを見ながら、湊も笑っている。

キッチンでギョーザのおかわりを用意していた早織は、このタイミングを逃さなかった。

「モッチモチよ〜」とミスカズオのモノマネを振り付きでしてみた。

湊は笑ってくれた。

翌日も早織は学校に赴いた。〝調査〟の結果を聞きに行くためだ。

車で向かったのだが、学校の駐車場が狭くて、いつもひやひやする。今日は特に斜めに停めている車があって駐車しづらかった。そればかりか目測を誤って、バックしている時に、背後にあった折り畳み式の看板にバンパーをぶつけてしまった。前も後ろも車が傷だらけだ。

中古で買って、もう一〇年を超えているので、傷の一つぐらいなら大して気にならないが、あまり傷だらけなのは、ちょっとだらしない感じがして早織は嫌だった。だが修理費用は馬鹿にならない。惜しかった。

校長室に案内されて、しばらく待たされた。わずかに五分ほどだったが、校長の大きなデスクに写真立てがあるのが目に入った。そこには、校長と四、五歳の女の子が一緒に写った写真が飾られていた。それが亡くなった孫なのだろう。かわいらしい笑顔に早織は胸が締めつけられた。こんな幼い子が亡くなったのか。自分ならどうなってしまうだろう、と思いを巡らせていると、校長室のドアが開いた。

入ってきたのは、伏見校長だ。

「お待たせしました」と一礼する。

続いて前回と同じく、教頭の正田、主任の品川、神崎が入ってくる。いずれも恐縮したような面持ちだ。

彼らの後に保利が入ってきた。うつむいたままで早織に目を向けようとしない。早織は保利の横顔をにらんでいた。だが保利はまったくこちらに目を向けない。避けているのだろう。やましいことがある証拠だ。

教師たちは一礼すると、机を挟んだ三人がけソファに保利を挟むようにして、正田と品川が並んで腰かけた。神崎はその並びにスツールを出して座る。校長だけは一人がけのソファに座った。

保利は礼をするタイミングがずれている。おどおどとしていて、まるで子供のように早織には見えた。

「それでは」と伏見が早織に顔を向けたが、その細い目の中の瞳は、どこを見ているのかわからないような虚ろさがあった。

「お問い合わせいただきました件に関しまして、保利の方より、謝罪の方を、させていただきたく思います」

いきなり謝罪？　と早織は戸惑ったが、黙っていた。

正田が、うつむいて座っている保利に視線を送って、促した。

「え～」と保利はうつむいたままで口を開いた。

「立って」と小声で正田に叱られて、保利はなんとため息をついた。それは「ああ、面倒だな」とでも聞こえるようなため息だった。

立ち上がったものの、保利は早織に目を向けない。うつむいたまま後ろに手を組んで〝謝罪〟をしはじめた。

「え〜、このたびは僕……私の指導の、え〜、結果？　麦野くんに対し、対しましての、誤解を生むこと、こと、なりましたことと、非常に残念なこと、思って？　おります。申し訳ございませんでした」

グダグダの〝謝罪〟はただ早織をいらつかせただけだった。

保利が頭を下げるのを待っていた教師たちは一斉に立ち上がり、頭を下げる。謝罪とは言えないものだ。むしろ威圧的だった。

保利は一人で座ってしまったが、まだ他の教師たちが頭を下げ続けていることに気づいて立ち上がった。その直後に教師たちは頭を上げた。

恐らくリハーサルをしていたのだろう。だが保利はまったくリハーサル通りにできていない。そこにも不誠実さがぷんぷんと臭う。

教師たちから、なにか〝調査〟の結果が報告されるのか、と早織は待っていたが、誰も口を開かない。伏見を見やっても、やはり、その視線は早織を見ていなかった。

「え？　え？　それで？」と思わず早織が声に出した。

「申し訳ございませんでした」と伏見はうやうやしく頭を下げた。芝居じみていて、まったく感情が伝わってこない。ひたすらただ謝り続けて押し通そうとする意図が透けて見えた。

「違います。違います。ちょっと待ってください」と早織は手を振った。

教師たちから反応はない。一様に神妙な顔をしているが、そこに感情はまるでない。

そして、保利だけが、まるで別次元にでもいるかのように、とぼけた顔をしている。

「あ、あの、一回、座りませんか?」

早織がそう提案すると、教師たちは着席した。またも保利がおどおどと周囲を見回して、最後に着席した。一人だけダンスの振り付けを覚えていない子供のようだった。

その保利をにらんでから、早織は言い募った。

「息子は、この先生から、実際にひどいことを言われて、傷ついたんです。〝誤解〟っていうんじゃないんです」

やはり教師たちは反応しない。神妙な顔を作っているだけだ。

伏見に視線を向けて、早織は黙って見つめ続けた。

やがて伏見はまたも、いらいらするほどゆっくりと深く頭を下げた。

「指導が適切に伝わらなかったもの、と考えております」

「指導?　指導ってどれのことですか?　え?　どれですか?」

早織の詰問調の言葉にも、伏見の態度は変わらない。

「慎重を期すべき指導が、あったものと考えております」

そう言って頭を下げる伏見が不気味に思えてきた。孫を喪《うしな》ったせいで、こんなにおかしくなってしまっているのだろうか、と早織は思ったが、同時にここまで心を痛めている人が校長を務められるのだろうか、とまた腹が立ってきた。

校長はたぶん、このまま責めても同じ言葉を繰り返すだけだろう。早織は保利に目を向けた。

「確認していいですか、保利先生。息子に暴力を振るったんですよね？」

だが保利はまるで人ごとのように、ティッシュを取り出して鼻をかんでいる。返事をしようともしない。しゃべるな、と釘《くぎ》を刺されてでもいるかのようだ。

すると伏見が「誤解を招く点があったか、と思われます」とまた頭を下げた。まるでなにかの儀式のようだった。そこには心も感情もまったくない。ただ式次第にしたがって進められる内容のない空疎な儀式だ。

「なにも誤解してないんですよ。この先生に叩かれて、息子は怪我をしたんです」

教師たちはやはり身じろぎ一つしない。

保利に向かって早織は問いかけた。

「保利先生、わかってます？」

だが保利はとぼけた顔のまま、伏見に目を向けた。

伏見がまったくこちらを見ずに語りだした。

「ご意見は真摯《しんし》に受け止め、今後適切な指導をしてまいりたいと考えております」

能面のまま、うやうやしく頭を下げる伏見の姿は異様だった。

早織はいらついて怒鳴りたくなる気持ちを抑えて、保利に尋ねる。

「殴ったんですか？　殴ってないんですか？　どっちかで答えてもらえますか？」

保利はやはり早織を見ない。見ないばかりか、答えを求めるように正田を、品川を、そして伏見を見ている。

「どっちですか？　はい、答えて。はい」

早織は机を叩きながら催促したが、保利はこちらを見ることもしない。

すると品川が立ち上がって、伏見の横に移動して、ひざまずくとバインダーを伏見に示した。

伏見はバインダーに目をやって、中に書かれているのであろう文言を読み上げはじめた。

「教員の手と、麦野湊くんの鼻の双方の接触がございましたことが、確認できております」

これが〝調査〟結果なのだろうか。とりあえず理由も原因も伝えずに謝ってしまう。これが最初のライン。さらに責められた場合の次のラインが〝接触〟という〝報告〟。

明らかにそういうシナリオを教師たちは描いていた。

「〝接触〟。殴ったということですね？」

伏見はやはり目を合わせない。

「手と鼻の接触がございました」

平然と言い切る伏見が滑稽だったが、早織の怒りに火をつけた。

早織は腕を伸ばして、能面のような伏見の鼻の脇に人指し指を押しつけた。

そうでもしなければ、伏見の能面の下の顔が見えないと思ったのだ。

だが驚いたことに伏見は顔色一つ変えないで、押しつけた指から逃れようともせずに黙っているのだ。

早織は指を鼻筋に押しつけたままで、伏見に言い放った。

「手と鼻の接触ってこれだよ？　腕をひねったり、耳を引っ張ったりは、接触とは違うでしょ」

だが伏見はやはり返事もしない。早織は伏見の鼻を殴りつけたい衝動に駆られた。

だが、視界の隅で動きがあった。目を向けると、保利が口に飴《あめ》のようなものを放り込んで、舐《な》めているのだった。

飴の包み紙をポケットに押し込んでいる。

「え？　今、口になにか入れました？」

早織の質問にも保利はポカンとしている。口の中で飴を転がしながら答えた。

「飴？」

これには早織も声を荒らげた。

「なんで飴、食べてるの？　今さ、なんの話してるか、わかってる？」

早織の怒りは届いていないようで、保利はなにか考えているかのように首をかしげた。そして笑った。

「まあ、こういうのって母子家庭にはありがちっていうか、まあ……」

隣の正田の「保利先生」という制止を無視して、保利はブツブツと持論を語っている。聞き取りにくいその声の中に「シングルマザー」という言葉を認識した時、早織は怒りを抑えることができなくなった。

「シングルマザーがなんですか？」

謝罪もまともにできないばかりか、逆にこちらに問題がある、と言いだしたのだ。

保利は、正田と品川が制そうとしているのを無視して、苦笑まじりに続けた。

「親が心配しすぎるっていうか……」

品川と正田が「いやいやいや」と保利を止めた。

「私が、過保護だっていうの？」

早織は挑戦的に保利をにらんだ。

保利は苦笑を浮かべて、なにか答えようとしたが、伏見が割って入った。

「ご意見は真摯に受け止め、今後はより一層適切な指導を心がけてまいります。どうかご理解ください」

伏見の言葉が合図であるかのように、教師たちが一斉に頭を下げた。だが保利は驚いたような顔をして伏見を見つめている。伏見は顔を伏せてお辞儀をし続けているだけだ。

頭を下げたままの正田が、保利に「保利先生」と催促した。

保利はのろのろと立ち上がって、両手をだらりとたらして頭を下げる。

「申し訳ございませんでした」

謝ったものの、その声音は不満げだった。

だが早織が口を挟む余地はなかった。

保利の謝罪をきっかけに、教師たちが勢いよく立ち上がり、深く深く頭を下げたのだ。

それは〝謝罪〟ではなく〝拒絶〟に早織は思えた。

なにを言っても無駄だ、と無力感に襲われていた。

クリーニング店で仕事をしている時には、気も紛れたが、一人になると教師たちの異様な姿が思い出されて、恐ろしかった。

特に全員が立ち上がって謝罪するまでの流れは、明らかにリハーサル通り、としか思えなかった。有無を言わさずに、謝罪で幕引きを図ったのだ。その異様さも相まって、早織はもうそれ以上の追及ができなかった。

パートを終えて、スーパーマーケットで買い物をしていても、教師たちの姿が頭から離れない。特に保利と伏見の奇異な姿は、思い出すだけで戦慄さえ覚える。

惣菜コーナーで、夕食はこれで済ましてしまおうか、と思っていると、店内に子供たちのはしゃぐ声が響いた。

三歳ぐらいの男の子と、五歳ぐらいの女の子だった。兄弟と思われる二人は騒ぎながら店内を走っている。鬼ごっこでもしているようだ。

子供たちは駆けながら、山積みされた商品をいくつか床に落としてしまった。

その姿を目で追いながら、早織は湊が幼いころに目を離した隙に、ケースの中のトマトを指で押して潰してしまって、買い取ったことを思い出していた。

そのまま子供たちを見ていた早織は、総菜コーナーに立っている人物を目にして驚《きょう》愕《がく》した。

校長の伏見だった。

まだこちらに気づいていない。

男の子が伏見の脇を走り抜けた。そしてそれを追う女の子が伏見の背後を駆け抜けようとした時、信じられないことが起きた。

伏見が後ろに足を出して、女の子の足を引っかけたのだ。女の子は転んでその場で泣きだした。

すぐに母親らしき女性が「走っちゃダメって言ったでしょ」と叱りながらも、抱き上げる。伏見が足を引っかけたことに、気づいていないようだ。

だが早織ははっきりと見た。伏見は明らかに転ばせる意図で、足を出していた。

その時、伏見が早織に目を向けていることに気づいた。

なぜ子供を転ばせようとしたのか、早織にはまるで理解できなかった。伏見の視線を受けながら、早織は身動きできなかった。

伏見の顔には、能面が張り付いていた。感情を微塵《みじん》も出さずに……いや、微笑を浮かべてみせた。そして、何事もなかったかのように、早織に会釈して、静かに背を向けて歩み去った。

たしかに子供たちは、迷惑な行いをしていたかもしれない。実際に子供たちがぶつかって、商品が床に転げ落ちている。

それでも、足を引っかけて転ばせる、という方法で、止めようとしたのなら、それは〝暴力〟以外の何物でもない。

しかも彼女は小学校の校長であり、転ばせた女の子と同い年くらいの孫を喪ったばかりの祖母でもあるのだ。

さらに言えば、足を引っかける動きが巧みだった。周囲に気づかれないように、最低限の動きで足を出していた。早織は伏見に注目していたので気づいたが、そこそこ混んでいた店内で、他の誰も気づいていない。

きっと、あれがはじめてじゃない、と早織は思った。

能面の下に隠された、伏見の真の姿をかいま見た気がして、早織は伏見の姿が見えなくなっても、しばらく動くことができなかった。


六月も下旬に入っていたが、梅雨らしい日はほとんどなく、この日も朝から晴れ渡って汗ばむ陽気だった。それでも陽が落ちると、涼しくなってくるので、まだ夏本番という感じではなかった。

湊が自動車から落ちて怪我をしてから、一〇日ほど経っていたが、湊は遅れたりすることなく、普通に学校に通っていた。

注意深く見ていたが、変わった様子はない。

だが、その日、早織はごま油を切らしたことを思い出して、近所のコンビニに買い物に出かけたのだ。

湊は宿題をダイニングテーブルでやっていたので、「ちょっとコンビニ行くよ」と声をかけた。

消しゴムを落としたらしく、床から拾いあげようと湊は腰をかがめていた。

早織が家に戻ったのは一五分後だった。コンビニの帰りに、ご近所さんに摑まって世間話をした上に、畑から収穫したばかりの大きなスイカをもらって、帰ってきたのだ。

「ごめん、ごめん、横井《よこい》さんからスイカもらっちゃって……」

玄関から言い訳をしながら、ダイニングに入って、早織は立ち尽くした。

湊はダイニングテーブルで宿題をしているはずだった。だが、床に落ちてしまった消しゴムを拾おうとしている。

湊は床に手を伸ばしたまま、まるで凍りついたように動かないのだ。

しばらく見つめていたが、やはり動かない。

出かける時とまったく同じ姿勢のままだ。ずっとそのままの姿勢でいたのだろうか。

「湊、なにしてるの？」

どっきりだよ、と笑ってほしかった。だが早織が声をかけたことで、湊は魔法が解けたかのように動きだして、消しゴムを拾いあげると、宿題をゴシゴシと消してしまう。

「消しゴム、落としちゃったから」

湊は言い訳のようにそう言って、また宿題に向き合う。

早織は、湊の身体が心配になった。

湊の額に手を当ててみる。熱はないようだったが、尋ねた。

「熱ある？」

だが湊は反応しない。なにか異変があったのか……。

「保利先生に、またなにか言われた？」

湊は答えない。だが湊の身体が震えているのが、額に当てた手から伝わってきた。

なぜ震えてるの？　湊の中でなにが起きてるの？

早織は湊に尋ねたかった。でも、恐らくなにも答えない。答えられないのだ。そして、ただ身体を震わせている。


ネットで子供が固まる状態になることを検索してみたが、あまり情報は出てこない。ただ感情が強く動くことで、脳からの指示が遮断されることがある、という。つまり〝固まってしまう〟というのだ。

〝強く感情が動く〟？　そんなことがあのダイニングで起きただろうか？

湊の表情はむしろぼんやりしていて、感情を捉えることなどできなかった。

強く感情を動かした、とすれば学校で起きたなにかではないか。やはり思い当たるのは保利だった。校長室での言動のすべてが異様で、保利がまたなにか湊にしたのではないか？

身体的な〝接触〟ではなく、湊を感情的に強く動揺させるような言葉を吐いたんじゃないか……。


翌日、パートは休みをもらって、再び学校を訪れた。

居ても立ってもいられなかったのだ。今朝の湊は、普通に見えた。自分で起きてきて、朝食を食べて、学校に行こうとした。「休んでもいい」と早織が言ったが、「行く」と出かけてしまった。

動揺しているというより、ずっと湊と保利のことを考えてしまっていて、注意散漫になっていたのだろう。またも学校の駐車場に駐車する際に、後ろのバンパーをぶつけてしまった。

こんなことが続くのはこれまでなかった。湊が車から〝落ちて〟から、運転がどうもあやしい。

しっかりしなきゃ、と自分を勇気づけながら早織が昇降口でスリッパに履き替えていると、生徒たちが「こんにちは」と挨拶してくれる。

挨拶を返そうと、顔を上げて、固まった。

昇降口から、校舎の裏側にある大きな窓が見えるのだ。

その窓に人影があった。保利だ。そして保利は女の子に手を引かれて歩いている。

女の子は地面を指さして、保利に話しかけている。窓が閉まっていることもあって、その声は聞こえない。二人とも後ろ姿なので、どんな顔をしているのかもわからなかった。

女子生徒との密会……。保利への不審感を抱える早織の目にその光景は、あやしいものとして映った。


以前と同じように早織は、校長室に通されて、そこに伏見、品川、神崎が入ってきた。教頭の正田と保利の姿がない。

この大事な時に保利は、あの女の子となにをしているのだろう。保利を呼べ、と強弁したくなる気持ちを抑えて、早織は湊の異変について、伏見たちに説明した。

保利からの暴言などがなかったか？　学校で湊がいじめのターゲットになっていないか？

神妙な顔で教師たちが聞いてメモを取るというスタイルに変化はない。

そして早織が話し終えても、黙っているのも変わらない。

「それで？」

早織が促した。不躾《ぶしつけ》な物言いになったが、押しとどめられなかった。

「あらためて事実確認をいたしまして……」

伏見がまたも能面のままで、意味のない言葉を連ねようとした。

早織はもう、それを聞き流す気はなかった。

「違います。今、確認してって言ってるの」と言ってしまってから、早織は「言ってるんですよ」と言いなおした。

「はい」と伏見は返事をするばかりで、また目を伏せて黙り込んでしまう。

次の言葉を待ったが、伏見も品川も神崎も黙っているだけだ。

早織が伏見の顔をのぞき込んだ。

「はい、じゃなくて……」

すると驚いたことに伏見は「ええ」と言い換えた。

早織は、この伏見の態度に言葉を荒らげた。ふざけている……少なくとも舐めている。

「〝はい〟を〝ええ〟に換えてって、言ったんじゃないよ」

罵り言葉が口をついて出てきそうだったが、それはどうにか堪えた。

伏見は能面のまま、黙ってうなずいた。だがそれだけだった。「はい」を「ええ」

に換えて、さらに次は「うなずく」に換えたのだ。伏見の能面の下には、底無しの空洞があるとしか思えなかった。孫が亡くなったことなど関係ない。この人は元々空っぽなのだ。そして時折、死んだ孫と同じくらいの年の女の子を転ばせている。

孫と違って、元気に遊んでいる女の子は、伏見の空っぽな心からすれば、憎しみの対象なんじゃないか。

「こんなんじゃ、転校するしかないじゃん」

早織は伏見に目を据えながら、そう嘆いたが、伏見の表情からはなにも読み取れない。

早織は伏見から、神崎に視線を移した。

「神崎先生は、いい先生でした」

神崎はいきなり褒められて、品川と伏見をチラチラと見やっている。

伏見も品川も無反応だ。

早織は言葉を継いだ。

「湊が参観日に作文を読んだんです。僕の夢はシングルマザーになることですって。私がね、一人で育ててるもんだから、自分も力になりたいって、そういう思いで書いたみたいで。クラスのみんな、大笑いしました」

早織は神崎の様子を見つめた。神崎は早織を見ていなかった。やはり品川と伏見の反応を気にしていて、困惑したような表情を浮かべている。

神崎もいずれは能面をかぶるようになるのだろうな、と早織は思っていた。だけど、今は伏見のような能面はかぶっていない。それが怒りでも困惑でも、なんでもよかった。教師たちの〝心〟を見たかった。

「でもね、神崎先生は笑いませんでした。お母さんに優しくしてあげてね、そう一言添えて褒めてくれたんです。この学校の教師が、全員ひどい人だとは思わないけど」

早織は、伏見に目を向けた。

「でも少なくとも一番上に立っている人は最低です。あなたには人の心っていうものがない！」

早織の声が一段大きくなった。

伏見はまたもゆっくりと頭を下げた。

「申し訳ございま……」

早織が遮る。

「そうじゃないよ。謝ってほしいんじゃないよ」

だが伏見は目を伏せているばかりだ。

早織は席を立って、伏見の目の前の椅子に移動した。そして伏見の目の前で告げた。

「保利先生を呼んでください」

やはり伏見は目を合わせない。

「あいにく保利は外出中で……」

早織は見逃さなかった。伏見がそう言った瞬間に、品川が身体をビクリと震わせたのを。明らかな嘘だった。それを品川は「マズイ」と思って反応したのだろう。

「いいえ。さっきいました。私、見ました、そこで、保利先生を」

だが伏見の能面は微動だにしない。黙ったままでいる。

「校長先生、今、嘘つきましたよね。今、外出中って言いましたよね」

伏見は動かない。

すると品川がバインダーに、なにか書きつけて、伏見に差し出した。

伏見はバインダーに目をやって、読み上げる。

「外出というのは、出かけているという意味ではなく……」

早織のいらだちは頂点に達した。馬鹿にしているとしか思えない。

「ちゃんとしろよ！」

荒らげた早織の声は、教師たち全員に届いているはずだった。

しかし、早織が一人ずつに目をやっても、ただ目を逸らすだけだ。

「あのさ」

早織は低い声で続けた。

「みなさん、目が死んでるんですけど」

神崎、品川、そして伏見を早織は順に見た。誰もなんの反応もしない。死んでいるのだろう。

早織は伏見に目を据えた。

「私が今、話してんのは人間?」

やはり視線を逸らしたまま、伏見が答えた。

「はい」

こうなると、伏見が早織の言葉を理解しているのか……それどころか、聞いているかどうかも、わからなくなってくる。

「答えてもらえます?　私の質問に」

すると伏見は驚くようなことを口にした。

「人間かどうか、ということでしょうか?」

保利をここに連れてきて、湊になにか言ったのか、言ってないのか、あるいは、クラスの友達関係になにか異常がないか。それを知るために早織は学校にやってきたのだ。

伏見が人間であるかどうかなんて……。

「違うけど、いいや、それで。答えて」

伏見は答えずに、品川が差し出しているバインダーに目をやって、中の文書を目で追っている。恐らくバインダーの中の資料は、想定問答集かなにかなのだろう。親からのクレームに対して、当たり障りのない答えが羅列してある。その中のどれかをチョイスしようとしているのだ。

だが質問は「あなたは人間か？」だ。適切な答えなどあるわけもない。

早織はたまらなくなって、品川の手からバインダーを奪い取った。

神崎が「あ」と驚きの声を小さくあげたのが聞こえた。

「紙、見ないとわからない？」

伏見の顔に小さく変化があったが、それがなんなのか、早織にはわからなかった。するとおもむろに「人間です」と伏見が小声で答えた。

コントのようだった。だが一つも笑えない。

「でしたらね、こっちだって子供のこと心配して来てるんだし。一人の人間として向き合ってもらえませんか？　今だけでいいんで、お願いします」

言質を取るつもりなど早織には最初からなかった。ただ事実の確認に来ているだけだ。謝罪を求めているわけでもない。なにかが起きているのか、それを知りたいだけだ。

校長が人間なのか、教師たちがゾンビなのか、なんてことを問いただしているわけではない。

また伏見がご託宣を唱えはじめた。

「ご意見は真摯に受け止め……」

さらに、手をじりじりと伸ばして、早織の手を握ろうとしている。きっとそれも想定問答集に書いてあるのだろう。〝穏やかな身体的な接触は、興奮する親の鎮静に効果がある〟とでも。

早織は手にしていたバインダーを、思わず校長の机に向けて投げつけた。

校長の机にあった写真立てに当たって、床に落ちた。

我に返った早織は席を立って、写真立てを拾いあげて、「ごめんなさい」と伏見に差し出した。

伏見は座ったまま受け取って「ありがとうございます」と抑揚のまったくない声を出した。

伏見はしずしずと立って、写真立てを机の元の位置に戻した。

その時、ノックもなしに、ドアが開いて正田が顔を出した。

品川に目で廊下を示して、困った顔をしてみせた。

保利だ、と早織は直感した。

すると正田は、一礼するとドアを閉めて、駆けだした。

なにか言いたいことがあって、保利が校長室に来ようとしている。それを正田が押しとどめていたのではないか。

早織は正田を追って、校長室を出た。

神崎、品川が「麦野さん」と声をかけながら追ってくるのがわかった。

廊下に出ると、そこにはやはり保利がいた。

正田が保利をどこかに追い払おうとして、袖を強く引っ張っている。ベランダに隠そうとしたようだが、鍵がかかっていたようだ。

早織はあっというまに、保利に追いついた。

正田は必死で、保利を早織から遠ざけようとする。

「謝ればいいんですか?」と保利が正田に言って、その手を振り払うと、両手を膝について「どうもすみませんでした」と早織に頭を下げた。

謝罪の言葉とは思えない響きがあった。明らかに不満げなのだ。

「こんな学校がいる先生に……」と言ってしまってから、早織は吐息をついて心を落ち着けようとした。

神崎、品川、伏見が廊下に出ている。

さらに生徒たちの姿も見えるが、全員に聞こえるように、もう一度言いなおす。

「こんな先生がいる学校に、子供預けられないでしょ。この人、辞めさせてください」

だが伏見はやはり、虚ろな視線を〝早織の方面〟に向けているだけだ。

その時、保利が頭を振ったのが見えた。保利は呆《あき》れたように「ヘッ」と笑った。

早織は保利に詰め寄った。

「私、なにか面白いこと言ったかな？　なにかおかしなこと言ったかな？」

するとまた保利は笑った。嘲笑を早織は感じた。

保利は「そんなに興奮しないでくださいよ」とまで言い放った。

「興奮してないよ。私はただ、当たり前のことを当たり前に……」

早織が言いかけるのを、保利がズイと進み出て遮断した。

「あなたの息子さん、いじめやってますよ」

早織は目を見開いて保利を見つめることしかできなかった。やがてその視線を保利の背後にいる正田に移す。

「君、なにを言ってるの」と正田が保利を早織から引き離そうとするが、保利は動かない。そればかりか、さらに言い募る。

「麦野湊くんは、星川依里《ほしかわより》って子をいじめてるんですよ」

正田が悲鳴のような声を出した。

「そのような事実はありません！」

早織の後ろにいた神崎が「保利先生、訂正して」と叫ぶ。

早織は言葉を失っていた。

保利はさらに衝撃的な言葉を口にした。

「麦野くん、家にナイフとか、凶器みたいなもの持ってたりしません？」

ナイフで脅しているとでも言うのか、とあまりの荒唐無稽な言葉に早織の中の、なにかが切れてしまった。

「は？　なに言ってんの？　なにデタラメ言ってんの？　駅前のキャバクラ行ってたくせに」

保利が口をポカンと開けて「はい？」ととぼけている。その姿がますます早織の怒りに油を注いだ。

「あー、わかった、あんたが店に火つけたんじゃないの？　放火したんじゃないの？　頭に豚の脳が入ってんのは、あんたの方でしょ」


もうそこからは、早織の記憶は定かではない。神崎が保利と早織の間に身体を滑り込ませて、保利を引き離したような気がする。

正田に促されるままに、いつのまにか昇降口まで連れていかれて「後日、またあらためてお詫びさせていただきます」というようなことを言われて、体《てい》よく追い出された。

帰りにどの道を車で走ったかも、あやふやだ。

事故を起こさなくてよかった、と帰宅してしばらくしてから思ったのだ。

それからは保利の言葉が何度も何度も、早織の頭の中でリフレインしてしまった。

湊がいじめをしている？　凶器を隠し持っていないか？　星川依里？　聞いたことのない名前だった。

新学年になった時に配られた、五年二組の名簿を引っ張りだしてくると、たしかに星川依里は湊と、同じクラスだ。

玄関で音がした。

湊が帰宅したようだ。

「おかえり」と玄関に早織が顔を出した。

「ただいま」

湊の顔は暗くはなかったが、そのまま部屋にこもってしまった。

夕食の支度ができた、と湊に声をかけようとすると、湊が二階から駆け下りてきた。

「ちょっと買い物。明日の宿題のヤツ」と言って出かけようとする。もう外は暗い。

時間は七時を回っている。

「ごはんだよ。どこ行くの？」

「文房具屋。すぐ帰る」

そう言って湊は出かけてしまった。


早織は不安になっていたが，本当にすぐに湊は戻ってきた。だが湊の顔には怒りがあった。そのまま二階の部屋にこもってしまった。

三〇分後に湊の部屋から大きな音がした。それればかりか、ドタンバタンと部屋で暴れる音がしばらくしていた。

これもはじめてのことだった。


〝入らないで〟と書かれた湊の部屋のドアにぶら下げられたプレートを見ながらも、早織はドアをノックした。二回、三回と。

だが返事はない。もう部屋の中で暴れている音はしない。疲れてしまったのだろう。

早織はドアを押し開けた。片手には〝横井さんにもらったスイカ〟を切って盛った皿を手にしている。遅めのおやつのつもりだった。

部屋の中はかなりひどいありさまだった。カーテンがレールから引きちぎられていた。本棚が倒されて本が床に散らばっている。ランドセルも放り投げたようで、教科書が飛び出していた。ベッドの下に収納してある衣服類も、部屋中に散乱していた。

湊はその部屋の床に膝を抱えて座っていた。顔は膝の間に埋もれていて、その表情を見ることはできない。

早織は明るい声を出した。

「まあ、お母さんもこういう時、全然あるよ。発散だね」

そう言いながら、スイカを机の上に置いて、湊のベッドに腰かけた。

湊はうなだれたままだが、その背中にそっと手を置いた。だが湊はぴくりとも動かない。

早織は腿《もも》の下に違和感を覚えて、手さぐりした。

紙にくるまれた棒状のものを取り上げた。硬いが軽い。

包んでいた紙は、湊が暴れたせいなのか、めくれて中身が半分ほど露出していた。明るい黄色のプラスチック部分。早織はそっと紙を剝いだ。

それはバーベキューや花火などでよく使う類のライターだった。ノズルが長いものだ。

だが家には一つもなかったはずだ。湊に買い与えた覚えもなかった。

紙で包んでいたのはなぜ？

保利の言葉がよぎった。「凶器を持っていないか」という言葉。ライターが凶器とは言えない。でもなぜ湊はライターを部屋に隠し持っていたのか？

四月の雑居ビルの火事は放火ではないか、という噂が流れたことを思い出して、早織は血の気が引くのを覚えた。

まさか……。

早織はライターをじっと見ていたが、カチリと着火させた。オレンジの炎が上がる。

湊は小さくその音に反応したが、こちらに視線を向けなかった。

その音がなんなのか、わかっているのだろう。


早織はまたも学童保育のグループラインに頼った。

〝星川依里くんって知ってる人いる？〟と問いかけるとすぐに〝一、二年でウチのと一緒のクラスだった〟という母親から、メッセージがあった。

すぐに早織は直接電話した。

学校で湊と依里が〝揉めた〟、と聞いたので、どんな子か知りたいと告げると、すぐに教えてくれた。

〝角のそば屋〟が通称になっている老舗のそば店があり、そのすぐそばにある、とても新しい〝今風〟の家に住んでいるという。だが学校行事には、両親のどちらも参加しているところを見たことがない、というのだ。

「〝でも依里くんって、とってもかわいくて良い子よ〟」と付け加えられた。

ライターの件は、いじめの件と同じく湊に尋ねることが早織はできなかった。湊がどんな反応をするか、と考えるだけで恐くなった。問い詰めることで、とても不安定に見える湊の精神状態が、崩れてしまうのではないか、と恐れたのだ。

だが保利の言葉が頭を離れなかった。

「〝麦野湊くんは、星川依里って子をいじめてるんですよ〟」

異様な保利の言動を思い返してみれば、単なる勘違いと無視することもできた。だが、校長室に集った教師たちの中で、もっとも〝人間らしかった〟のは保利だと思うようになったのだ。

品川が伏見に見せていたバインダーに書かれているであろう、想定問答集からはみ出して話したのは保利だけではないか？

でも本当に湊は、いじめていたんだろうか？

大翔と岳たちが、クラスメイトの男子をターゲットにして、からかったりするのが、嫌だ、と湊は言っていた。

そんな湊がいじめなどするだろうか？　だがもし万が一、大翔にいじめに加担するように命じられて、断りきれなかったとしたら……。大翔のターゲットになるのが恐くて、いじめに加わっていたら？

でも本当は湊はいじめに加わりたくなかった。だから湊はあんなに苦しんでいた。死のうとした。感情を揺さぶられて、動けなくなった。暴れた。

早織は頭を振ってその考えを追いやった。

保利にぶつけてみようと一瞬思ったが、ブラックボックスである保利との面会を学校が許すと思えない。そもそも湊を加害者と決めつけていた保利には実態が見えていないだろう。

星川依里くんだ、と早織は思い至った。

〝角のそば屋〟には一度も行ったことはなかったが、おいしいと評判の店だったので、場所は知っていた。

早織は〝角のそば屋〟まで歩いて向かった。家からもそう遠くない。

たしかに際立って新しい家が、そば屋の近くにあった。綺麗にされているのだが、どこか生活感がない。

表札を見ると〝星川〟とある。

玄関前で早織はインターフォンを押そうとしたが、故障でもしているらしく、ガムテープが貼り付けてあって、押せない。仕方なく木製のしゃれたドアをノックした。

だが返事がない。

洋菓子店で買ってきた手土産《てみやげ》が無駄になってしまった、と思ったが、日持ちのする焼き菓子だった。

また明日にでも、訪れればいいか……。

背後でヒューヒューと音がした。そして「はい」と声がする。

振り向くと、男の子が手に持った紐をクルクルと回している。紐の先に付いたなにかの容器から、その音はしているのだった。

男の子はニコニコと笑いながら、早織を見つめている。たしかに、かわいらしい顔だちの子だ。

「星川くん？　星川依里くん？　湊のお友達だよね？」

依里は笑顔でうなずいた。その笑顔はかわいらしいばかりでなく、人懐こそうな手放しの笑みだった。それを見て早織は少し安心していた。湊が依里をいじめていたら、ここまで嬉しそうな笑みを向けてきたりはしないだろう。

依里は鍵をポケットから取り出して、ドアを開けてくれた。

またも満面の笑みで依里は、早織に「どうぞ」と言って招き入れてくれる。

玄関もその奥に続くリビングらしき部屋も、綺麗に掃除がされていた。

家に入ってすぐ、早織は一足の靴に目を奪われた。それは湊がなくしたと思われる左足のスニーカーだった。右のスニーカーは玄関には見当たらない。

依里は湊よりもかなり小柄だ。依里自身のスニーカーはかかとを踏んでしまっているが、湊のスニーカーより小さい印象だ。

「このスニーカー、湊のに似てる」

リビングに行きかけていた依里が戻ってきた。

「うん、貸してくれたの」

依里がなにか誤魔化したりしているのか、と顔色をうかがうが、そこには楽しげな笑みがあるばかりだ。それでも早織は聞かずにいられなかった。

「片方だけ？」

「うん、片方だけ」

依里はとても楽しそうに笑っている。笑いながらスリッパを出してくれた。とても嘘をついたりしている顔ではない。スニーカーを片方だけあげる、といういじめなどあるわけがない。

靴を脱いで上がろうとしたが、早織はためらった。

「お母さんって、お留守？　よそのおばちゃん、うちに入れちゃって怒られない？」

もうリビングに行っていた依里は「怒らないよ」とやはり楽しげな声で答えた。

リビングに早織がやってくると、依里がダイニングテーブルの椅子に腰かけていた。

早織は庭に目を移す。まだ若木と呼べるような植木が数本あって、芝生も手入れがされている。だが、庭の片隅にごみ袋が山積みされている。目を凝らすと、缶チューハイの空き缶ばかりが詰め込まれているのだ。早織は違和感を覚えていた。

「麦野くん、風邪《かぜ》、治らないの？」

「うん……」

早織は返答に困った。学校には風邪のために休む、と連絡していたが、部屋で暴れてから今日で三日間、学校を休んでいる。もちろん風邪ではない。

「手紙書く？」と依里がランドセルからノートを取り出している。

「うん？」と早織もダイニングテーブルに近づいた。

「お休みの子に書くやつ。待ってね」

ペンを手にして「麦野くんへ」と口に出して言いながら、ノートに書きつけていく。

「あ、ありがとう」

「風邪、大丈夫ですか。みんな心配しています。早く元気になってください」

早織は椅子に腰かけて、書いている依里の手元を見ていた。

ちょっと変わった字だな、と思っていると、その中に鏡文字があった。

「あれ、星川くん、ここ、〝み〟の字が裏返し、鏡文字になってますよ」

幼いころは鏡文字を書く子が少なくなかった印象があるが、五年生の子供が鏡文字を書くというのは聞いたことがなかった。

だが依里は不思議そうな顔をするだけだ。もしかすると鏡文字を書いているという認識がないのかもしれない、と早織が思っていると、依里はキッチンで水をくんで、早織に渡してくれた。

水が入っているのは、コップではなく、プリンなどが入っていた容器のようだ。この真新しく立派な家には似つかわしくない〝コップ〟だった。

「ありがとう」と言いながら、早織は依里の腕に火傷《やけど》の跡を見つけた。古いものではなさそうだ。

「それ、どうしたの？　火傷しちゃったの？」

早織が問いかけると、依里の顔から笑みが消えた。悲しげな顔をして、キッチンで水をくんでいる。コップはやはりプリンの容器だ。

早織は異変を感じていた。

水をゴクゴクと飲んでいる依里に尋ねた。

「星川くん、あなた、学校で、いじめられたりとかしてる？」

水を飲みながら依里は返事をしない。依里はチラと目の端で、早織の表情をうかがっただけだ。

だがそれで充分だ、と早織は思った。笑顔で〝湊の母親〟に接していること。そして〝星川くん〟は学校にいじめがあることを認めなかった。

早織は帰宅するや、学校に電話を入れた。対応したのは教頭の正田だった。

学校に対する要求は的を絞った方がいい、と早織は学習していた。

要求したのはただ一つ。保利が言い放った〝湊が依里をいじめている〟の事実確認だった。それも保利と依里を同席させて、早織の目の前で〝事実〟を解明してほしい、と要求した。

すぐに返事は来なかったが、夕方に正田から連絡があった。

明日、昼休みの時間帯に、保利と依里を同席させるので、校長室に来てほしい、とのことだった。

校長室に到着すると、すでに伏見、正田、品川、保利が集まっていた。

たった一人だけ保利が、長椅子に座っている。

まるで裁判にかけられた被告のようだ、と早織は感じた。

保利は暗い目で早織に目礼した。

正田がソファに座るよう勧めてくれたが、早織は断った。

それと同時に、神崎が依里を伴って、校長室にやってきた。

依里は緊張しているようで、その顔に笑みはない。

するとすぐに正田が「星川君、休み時間にごめんね」と詫びてから問いかけた。

「え～、保利先生が言うには、君が麦野くんから良くない行為をしばしば……」

依里の反応は鋭かった。

「麦野くんに、いじめられたことないです」と言い切った。

保利がソファから立ち上がって「なに言ってるんだよ、星川」と詰め寄る。

神崎が保利を押しとどめるが、保利は引かない。

荒れそうな雰囲気を察して正田が「わかった、わかった。星川くんは、もう教室に戻って」と事態を収拾しようとした。

だが早織は聞き逃さなかった。小さな声ながら依里が「あと、保利先生が……」となにかを言いかけたのだ。

早織は依里に顔を近づけて「なに？　保利先生がなに？」と尋ねた。

校長室が一瞬静まった。

「いっつも麦野くんを叩いたりしてます」

依里の言葉に一同が息を呑んだ。

だが保利は「なんだよ、それ」と怒りをあらわにした。

依里は、その保利をチラリと見てから続けた。

「みんなも知ってるけど、先生が恐いから黙ってます」

するど正田が動いた。「教室に戻ろう」と言いながら、依里を校長室から連れだした。

品川、神崎も後に続く。

保利もその後に続いた。保利は悔しそうに顔を歪めている。

やはり一点に絞ったのは正解だった、と早織が思っていると、伏見が、校長室からそっと逃げ出そうとしている姿が目に入った。〝こそこそ〟とした動きだ。

言ってみれば〝完敗〟だ。バツが悪かったのだろう。だがこのまま逃がすつもりはなかった。

「逃げないでください、校長先生」

逃げるな、と言われて、さすがの伏見も足を止めた。

その背中に早織は声をかけた。

「校長先生、お孫さんを亡くされましたよね」

校長は振り返らない。

「聞きました。ご主人が駐車場に車を停めようとして、そこで遊んでいるお孫さんを轢《ひ》いてしまったそうですね」

早織は、身じろぎもしない伏見の肩に手を伸ばした。

「悲しかったですか。苦しかったですか」

早織は伏見の肩に手を置いた。

「それ、私の今の気持ちと同じです」

伏見はやはり動かない。

その時、校舎のどこかでガラスが割れるような音が聞こえた。

一瞬伏見は身体を硬くしたが、そのまま動かない。

早織は伏見の肩から手を離すと、黙って校長室を後にした。


帰宅してからも、これまでに校長室で繰り広げられた茶番劇が早織の脳裏に蘇ってしまった。

心ないゾンビたちが、心ない言葉を口にして、不毛な謝罪が繰り返された。

これ以上は無駄だ、と早織は悟った。

早織は友人に勧められていた、弁護士に相談することを決意した。

依里の〝告発〟があってから、一〇日後のことだった。学校の最上階にある集会室で、五年生の保護者たちに対して、説明会が開かれていた。

早織は参加しないつもりだった。もう結果はわかっている。

一部で、保利を擁護する親たちがいることも、耳にしていた。その親たちは早織のことを〝モンスターペアレント〟扱いしているそうだ。

それもあって〝説明会〟に参加することに積極的になれなかった。

だが、やはり気になって、説明会がはじまる直前になって、集会室にやってきてしまったのだ。

階段の下から、早織は集会室の様子を探った。

かなり広い部屋だったが、入り口付近に人がたまっている。入りきれないほどの保護者が集まっているようだ。

そして受付に理美の姿があって、早織はほっとして階段を上がっていった。理美は一年生の時から湊と同じクラスの岳の母親だった。パート先のクリーニング店の常連でもある。

理美に続いて早織が受付表に記入していると「早織ちゃ～ん」と、理美が早織の背中をさすった。

「大変だったよね～」と声をかけてくれる。

大変だったのは間違いなかったが、自分でも意外なほどに、理美の言葉が胸に響いて思わず泣きそうになった。

かろうじて堪えて、集会室の入り口から、中をのぞいた。

用意されたパイプ椅子はかなりの数があったが、すべて埋まっている。前に設けられたテーブル席には、伏見、正田、品川、そして保利が座っていた。

伏見がマイクを手にして立ち上がり、一礼して、空疎な言葉を並べた挨拶をすると、最後に付け加えた。

「残念ですが、あってはならないことが起こってしまいました。保利先生」

そう言って、伏見は隣に座っている保利にマイクを渡して、着席した。

保利はマイクを受け取って立ち上がった。だがその様子はひどく緩慢だ。出来の悪いロボットのようにぎこちない。

マイクを手にして口元に持っていくが、保利は口を開かない。沈黙が続いた。

やがて保利はマイクを口元から離して、うつむいてしまった。

長い沈黙に、保護者たちがざわつきだした。

隣に座っていた正田が少し動いたように見えたから、恐らくなにか保利に指示をしたのだろう。

保利はマイクを持ちなおして話しはじめた。

「えーっと、私は、五年二組の麦野湊くんに、えー、暴力を振るいました。えー、麦野くんの顔を殴りました、腕をねじりました。あと、ひどい言葉をたくさん言いました……」

ひどい謝罪だった。そこに心はまるでない。叱られて与えられた文章を読まされている、ふてくされた子供にしか見えなかった。

少なくとも出席した保護者たちには、保利の異様さが伝わっただろう、と早織は集会室を後にした。

保利は、早晩、この学校にはいられなくなる。

弁護士を通じて学校から、速やかに担任を交代させる、と連絡があったのだ。

だが、伏見や正田らは、この学校に居続けることになる。すべてを隠蔽しようとした〝共犯者〟たちが、なんの責任もとらないで、事態は収束に向かってしまう。だが早織にできることは、ここまでだ。

きっと保利も、別の学校に異動になるとしたら、伏見たちを見習って、能面をかぶることを〝学ぶ〟のだろう。

早織は重い気持ちを抱えたまま、家路についた。


結局、保利は五年二組の担任から外れた。夏休みまでの短い時間は教頭たちが、朝と帰りの会や学習指導を行うことになったようだ。

保利は退職することを希望し、休職していて学校には来ていない、と聞いていた。

説明会からしばらくして、新聞社から一通の封書が届いた。

届いたのは、一昨日発売された地方紙と雑誌だった。

早織は、その新聞社の社会部の女性記者に取材を受けていたのだ。

地方紙と系列会社の雑誌で同時に大々的に取り上げる、と記者は言っていた。

その記事が新聞の社会面に大きく取り上げられていた。

〝体罰教師　小五生徒を罵倒〟と大見出しがあり、続けて〝「おまえの脳は豚の脳」など〟とあった。衝撃的な見出しだ。

湊には見せたくない記事だった。早織は新聞と雑誌を封筒に戻して、棚の奥深くに隠すようにしまった。

湊は今朝も元気に学校に行った。やはり保利の存在は湊の気持ちに、影を落としていたようだ。

だが、すべてが解決したわけではない。依里にあげてしまった片方だけのスニーカー、絵の具まみれだった服、そして、湊の部屋にあったライター……。

だがもう考えたくなかった。早織は消耗していた。

新聞と一緒に届けられた雑誌に、目を通す気にもならなかった。

携帯が着信を告げた。

学校からだった。

早織は動転していた。湊が階段から落ちて、怪我をしたというのだ。大きな怪我ではないが、念のためにご報告させていただいた、と教頭の正田は慇懃《いんぎん》だが、なにやら奥歯に物が挟まったような物言いだった。そもそも擦り傷を負った程度では、家に連絡があることなどない。早織は即座に学校に行く、と正田に伝えた。

あまりに動揺しているので、運転するのは恐かったが、湊の怪我の程度によっては必要になるかもしれない、と考えて車で学校を訪れた。

昇降口にやってくると、そこに教頭の正田が待っていた。

帰宅時間らしく、ランドセルを背負った生徒たちが、廊下や昇降口付近にもたくさんいる。

正田が深く頭を下げた。

会釈を返しながら「階段から落ちたってどういうことですか？」と早織が切り出した。

正田は困惑を隠さず「ちょっとそれが、はっきりしないんですが……」とやはり歯切れが悪い。

なにが起きているのか、早織にはさっぱりわからなかった。

するとそこに理美の息子である岳がやってきた。隣にいるのはやはり湊と一年生の時から一緒の悠生だ。

悠生がなにか早織に向かって言っている。周囲がうるさくて聞き取れなかった。

「うん？」と悠生に問いかけると、もう一度悠生が口を開いた。

「保利センから逃げてて、落ちたんだって」

今度ははっきり聞こえた。

正田があわてて「早く帰りなさい」と悠生と岳を手で追い払うようにしている。

「保利先生？　なんであの人がいるんですか？　辞めたんじゃないんですか？」

さらに悠生と岳が早織に「保利センから逃げて落ちた」と言い募る。

正田が「うるさい！　コラ！」と叱った。

すると悠生が「チンアナゴ！」と大きな声を出した。岳も同じく「チンアナゴ！」と言って笑っている。

早織には意味不明な言葉だったが、正田の顔色が変わった。

「帰れ……気をつけて帰りなさい」

怒鳴りつけそうになるのを、正田はかろうじて抑えたようだった。

「先生、湊はどこにいるんですか？」

「生徒相談室にいますから」と正田は先になって、早織を案内していく。

保利がなぜ学校にいるのだろう？

三階にある生徒相談室は広かった。大きな机が一つに椅子があるばかりで殺風景な部屋だ。

だがそこに湊の姿はない。

後ろにいる正田に顔を向けると「あれ、さっきまでそこにいたのに、おかしいな」とつぶやいた。

部屋の奥の扉が全開になっていて、扉の外にはベランダがある。

開け放たれた扉から風が吹き込んでいて、カーテンが激しく揺れている。

正田は「いやいや、そんなまさか……」と言いながら、ベランダに出ていく。

早織は蒼白になって「やめて」と口の中で繰り返しつぶやきながら、正田の後ろ姿を見ていた。足がすくんで動けない。

正田はベランダに出て手すりから下を確認している。

正田の表情を見るのも恐かった。

学校のどこかで音がしていることに気づいた。なにか大型の管楽器だ。太い音が響きわたる。

「大丈夫です。違いました。大丈夫です」

正田の声に、早織の緊張が一気に解き放たれた。膝の力が抜けて、しゃがみ込んでしまった。

またも管楽器の音がしている。音楽を奏でているのではない。ただ音を出しているだけなのだ。しかも、二種類の大きな管楽器の音がする。

早織は、その太く響く音を聞きながら、なぜか心安らぐような気がしていた。


正田は、早織を校長室に案内すると、早織を一人残して、湊を捜してくると部屋を出てしまった。

校長の姿はない。今さら顔を合わせたくもなかった。できれば生涯関わりたくない。スーパーで、幼い女の子に足を引っかけて転ばせた校長の平然とした顔を思い出して、早織は気分が悪くなっていた。

足音がして身構えたが、校長室の扉を開けたのは正田だった。なぜか笑顔だ。

正田に連れられて湊の姿が見えた。

「トイレに行っていたそうです」

正田の言葉に早織は泣きそうになった。

湊は見たところ、大きな怪我をしているようには見えない。膝を擦りむいただけのようだった。

保利が学校を訪れたことを、校長以下、教師たちは誰も知らなかった、と早織は正田から聞かされた。

校外写生の時間を知っていた保利が、湊を待ち伏せしていたようだ、と正田は推測した。

待ち伏せしていた保利の姿を目にした湊が、保利を恐れて校内に逃げ込んだ。それを保利が追いかけて、校内に無断で入り込んで、湊を追い回した末に、転ばせてしまったようだ、と。

保利が学校に無断で、校内に立ち入って湊に接触、怪我を負わせたことも含めて〝ご説明させていただきたかった〟と正田は言ったが、早織はもう聞いていなかった。

結局、〝学校〟は関与していない、という言い訳でしかない。

まもなく夏休みに突入する、という日に、巨大台風が本土を直撃するというニュースが各局で大々的に報じられていた。

早織たちが住む地域を台風が直撃するのは珍しいことだった。

プラスチックの鉢など、風で飛びそうなものを早織が庭から室内に運び込んだ。

湊は早織に指示されて窓ガラスに段ボールをテープで貼り付けている。強風で飛んできたものがぶつかって窓ガラスが割れても、ガラスが飛散しないようにするための措置だ、とテレビで専門家が言っていたのをそのままやっているのだ。

台風上陸の前から、風が強まり、クリーニング店の前にあった宣伝用のノボリも倒れそうになったためにすべて、回収したほどだ。

上陸するのは今夜未明から早朝にかけてとのことで、クリーニング店のオーナーから、明日は午後から出てきてくれればいい、と早織は言いつかった。

学校も午前六時の段階で台風の状況を見て、登校の判断をするということだった。

いずれにしても朝はゆっくりすることができる。

そう思うと、なかなか寝つけなくなるものだった。

一二時を過ぎるまで、ぼんやりとニュースを見てしまった。どうやら台風はこの付近をかすめていくようだった。

湊は一〇時には眠い、と言って部屋に入ってしまった。

することもなく手持ち無沙汰だったが、眠気が訪れない。

保利が去って、湊は落ち着いているように見える。

いくつか腑《ふ》に落ちないこともあったが、早織はもう掘り返そうとは思わなかった。

湊が生きていてくれればいい。できれば楽しく生きてほしい。ただそれだけを早織は願っていた。

ああ、そうだ、と早織は一二時を回っている時計を見て立ち上がった。湊は水筒を出し忘れている。暑い季節には、水筒を翌朝まで洗わないと、菌が繁殖して臭くなる。

そう心の中で言い訳しながら、足音を忍ばせて、二階に上がり、湊の部屋にそっと入り込む。

外では風雨の音が強くなっていた。遠くで雷の音もしている。

湊はタオルケットをはだけてベッドで寝ていた。

頭を撫でたくなったが、起こしてしまうのが恐くて、はだけたタオルケットをかけるだけにした。

椅子の背にかけられた手提げから水筒を抜き取って、部屋を出ようとした。

「お父さん、いた」と湊がつぶやいた。寝言かと思ったが、違った。

振り返って見ると、湊は目を開けていた。湊の目には涙が浮かんでいる。頬には涙の跡がある。

湊は時折、悲しい夢を見ているようで、眠りながら泣いていることがあった。

「どんな夢を見てたの？」と湊が起きてから尋ねると、湊は決まって「好きな人がみんないなくなっちゃう」と答えるのだ。

だが早織が詳しく聞こうとしても、それ以上は口をつぐんでしまう。

これも早織の心配の種だったが、今日はしゃべってくれるようだ。

「お母さんに伝言頼まれた」

今日の夢はいつもの夢とは違っているようだ。

「夢に出てくれたの？」

湊が寝たままうなずく。

「〝いつもありがとう。大好きだよ〟って」

早織の夫は、そんな言葉をかけてくれるタイプではなかった。もちろん付き合いだした当初は、それに類する言葉を口にしたことがあったが、湊が生まれてからは、そんな言葉を聞いた記憶がない。

だが、早織はそれを信じた。それは優しい湊が想像する〝お父さん〟なのだから。

早織は思わずため息をついた。

湊は、保利を巡る一件で、早織に厄介な思いをさせたことを〝お父さん〟を借りて、感謝してくれたのかもしれない。

「お母さん、ダメだからさ。ちゃんと、してあげられてない気がするから」

そう言って、早織は引き返すと、湊のベッドに腰かけた。

「湊が、かわいそうでさ」

湊の苦しみを、すべて取り除くことはできただろうか？　いや、そんなことは不可能だろう。

湊はベッドで上半身を起こした。暗くてはっきりとはわからないが、悲しげな顔をしている。

「お父さん、生まれ変わってるかな？」

唐突な問いかけに早織は戸惑った。

「かもね」と曖昧に受け流した。

夫の誕生日にも湊は同じようなことを言っていたな、と思った。〝生まれ変わる〟ってなんなのだろう？　早織はそんなこと、考えたこともなかった。

すると湊がさらに問いかけてきた。

「湊は、なにに生まれ変わるかな？」

なぜこんなに〝生まれ変わる〟ことにこだわるのだろう、と思った瞬間に、走る車から飛び降りた湊の姿を思い出して、背筋が冷たくなった。

〝生まれ変わり〟が輪廻転生だとしたら、その前提にあるのは〝死〟だ。

早織はその考えを笑いに紛らした。フフと声を立てて笑った。

「湊は、まだ生きてるでしょ」と少し声が震えてしまった。

湊は「うん」とうなずく。

「変なこと言わないの」とわざと明るい声を出して、湊の腕を軽く叩いた。

だが湊は、早織の動揺を感じ取ったかのように、そっと早織の手を握ってくれた。

そして優しい声で告げた。

「お母さん、僕は、かわいそうじゃないよ」

早織は湊の言葉に胸を突かれていた。返事ができなかった。

湊がなにかに苦しんでいることだけは、わかるような気がした。だけど、それがなんなのか、早織にはまったくわからなかった。

ベッドに入ってもなかなか眠れなかったのは、激しい雨風の音のせいばかりではなかった。

なぜ、私は湊に〝かわいそう〟と言ったのか？　それは早織の力が足りず、保利からの虐待を長引かせたから……。いや、それだけじゃない。長引かせた原因は、シングルマザーだから……。

湊は〝僕はかわいそうじゃないよ〟と言った。だがその一方で〝生まれ変わる〟ことを期待しているようなことも言っている。

それはまったく反対の言葉のような気がした。肯定しながら否定しているような。

湊……。

答えが出ないままに、早織は眠りに引き込まれていった。

早織が目覚めたのは朝の五時半だった。遅く寝たはずなのに、なぜか目が覚めてしまった。

雨風の音は激しいままだ。台風はまだ遠くには行っていないのだろう。

被害がないか、家を見回ってみた。ガラスが割れたりしていることもなく、ただきちんとレバーを下ろしていなかったようで、キッチンのシンクに水がポタポタと垂れていた。

最後に、湊の部屋を確認した。

だが、部屋に湊の姿がなかった。

トイレにもいない。洗面所にも風呂にもいない。

もう一度、湊の部屋に戻った。

どこに？　ベッドの下に隠れてもいない。

その時、消防車のサイレンが遠くで聞こえた。

胸騒ぎがする。

台風の夜に湊が家を出た。

「麦野〜」

風雨の音に混じって、たしかに外から男性の声がした。

「麦野！」

今度ははっきりと聞き取れた。それは間違いなく保利の声だった。

インターフォンを押したりせずに、前の道路から大きな声で、呼びかけているのだ。異常だった。

「麦野！」

さらに大きな声だった。怒鳴っているのではない。切羽詰まったような声だった。なにかを訴えかけるような。

「麦野〜！」

恐かった。しかし、早織は部屋の窓を細く開けて、前の道路を見ようとした。

すると猛烈な台風の風と雨が、吹き込んできた。

湊の机の上に置いてあった手作りのカードが十数枚、風に舞い上げられて床に散らばった。

いずれのカードにも動物の絵が描いてあった。〝カラス〟〝トカゲ〟〝ブタ〟〝ウーパールーパー〟〝人〟、そして〝怪物〟。

怪物の絵は、黒いハート形の頭と身体を持った化け物のように描かれていた。

だが、早織がそれに気づくことはなかった。

湊の部屋から早織は飛び出して、階下へと向かったからだ。

II

四月一日に保利道敏《みちとし》が城北《じょうほく》小学校に着任して、一月が経とうとしていた。これで七回目の異動だ。新任してから、ほぼ二年に一度の割合で異動になっている。中には同じ学校に一〇年近くも在籍する同僚教師もいるので、異動が多い方だった。だが保利はあまり他の教師との〝差〟を気にするタイプではなかった。

異動を命じられたら、それに従う。身軽な独身者でもあるので、引っ越しも厭《いと》わない。むしろ楽しくさえある。ただ引っ越しのたびに苦労するのが、膨大な量の本だった。処分しようと決意するのだが、毎度失敗する。

新しい部屋に越してから、週末に少しずつ本棚にしまおう、と思っているのだが、整理しながら読みふけってしまって、まったく進まない。

本棚に収まったのは、全体の半分ほどで、残りは段ボールに入れたままだったり、床に積み上げたりしている。

日曜日の今日も、片づけのチャンスであったはずだが、恋人の鈴村広奈《すずむらひろな》を誘って、市内で行われた古本市に出かけたのだ。

待ち合わせ場所にやってきた保利が手にしているキャリーバッグを見て広奈は「なにそれ？」と怪訝《けげん》そうな顔をした。機内持ち込みサイズとはいえ、隣の駅に買い物に行くにしては大きすぎるバッグだ。

隣の駅前にあるショッピングセンターの催事場で行われた古本市にやってくると、

保利の目の色が変わった。次々と本を手にしては読みふけった。

広奈に何度か声をかけられて、ようやく保利が選んだ本を精算したのは二時間後だった。

キャリーバッグは本を買い込むためだった。

広奈はもう二度と古本市には同行しない、と宣言した。

保利は「そうだね」と笑う。

「今度はアウトレットモールに絶対行くから」と広奈は怒りをにじませる。すると「そうだね」と保利はまたも笑顔で応じた。

その後、早めの夕食をとってから、春のお祭りでにぎわっていた神社を見て回って、金魚すくいで、二匹獲得した。

自宅の最寄り駅に戻ってくると、サイレンと半鐘の音が鳴り響いていた。

二人はあまり気にもとめずに、ホームからエレベーターに乗り込んだ。キャリーバッグがずっしりと重たかったのだ。

保利はお祭りで買ったあんず飴を口にしようとしたが、思いついてある提案をした。

隣で同じくあんず飴を食べようとしていた広奈は動きを止めてジロリと保利を見やった。

エレベーターに乗っているのは、保利と広奈の二人だけだった。

エレベーターのドアが開くと、広奈はあんず飴を口にくわえて、歩きだした。早足で不機嫌そうだ。

「どうしたの？」とキャリーバッグを引きながら、保利は広奈の後を追う。

「今、なに言った？」

やはり怒っている声だ。

「結婚しようって」

広奈が急に立ち止まって、保利は危うく衝突しそうになった。

広奈はくるりと振り向くと「そういうのってさ」と保利をにらむ。

「え？」と保利は広奈ににらまれても、笑っている。

「プロポーズって、夜景が綺麗な場所とかで言うもんじゃないの」

そう言って、広奈は金魚が入ったビニール袋を乱暴に保利に押しつけた。

また前を向いて広奈は足早に、駅の出口に向かってしまう。

キャリーバッグを引きながら、保利がよたよたと後を追う。その顔にはやはり笑みがあった。

「夜景？　夜景って、みんな綺麗、綺麗って言うけどね、あれ電球だよ。フィラメントだよ」

声は届いているはずだが、広奈は止まることなく、ますます足を早める。

そこでようやく保利は、自分の言葉に広奈が腹を立てていることに気づいた。

コンコースから続く歩道橋まで来ると、広奈が「うわ！」と驚きの声をあげて、歩道橋の手すりから身を乗り出した。

保利も「おお」と声が出た。

駅前の雑居ビルが燃えているのだ。もうもうと煙が立ち上り、真っ赤な炎も見える。

火事をこんなに近くで見たのは保利ははじめてだった。

消防車が駆けつけて、消火の準備をしているが、まだ放水はしていないようだ。

すると、自転車を道端に倒したまま、子供たちが歩道橋を駆け上がってきた。

保利は「蒲田、浜口、コラ。広橋も、なにしてんの？」と駆け上がってきた子供たちの名を呼んだ。

保利が担任している五年二組の蒲田大翔、浜口悠生、広橋岳だ。人をかき分けるようにして走っている。火事現場に向かっているのだろう。

「早く帰りなさい」と言いつつも保利も火事現場を目撃して興奮していた。

「保利センじゃん」と大翔たちもようやく気づいたようだ。

保利が広奈と一緒にいるのを見て、大翔が携帯で動画を撮影しだした。

「なに撮ってんの。やめなさい。早く帰りなさいって」

悠生から「ガールズバー」という声が聞こえた。続いて大翔が「お持ち帰りじゃん」と言っている。サイレンに紛れて、保利にははっきりとは聞き取れなかった。

子供たちが行ってしまうと、保利は火事の現場を見つめていた。

隣で広奈は動画を撮影している。

雑居ビルの下には、店から避難したと思われる客や従業員が固まっていた。

風俗系の店の従業員なのだろうか、バニーガールのような姿をした女性たちが、数人集まっていて、消防団員に渡された一枚の毛布にくるまっている。

バニーガールの怯えた様子を目にして、保利は火事を見物していることが恥ずかしくなった。

ハシゴ車を撮影したい、と広奈が嫌がったが、保利は広奈を連れて、部屋に戻った。

部屋のカーテンを閉めて、「あいつらちゃんと帰ったかな」と保利が独り言のようにつぶやいた。

広奈はソファに座って、リビングの真ん中に置かれた金魚の水槽を見ていて、返事をしない。

やがて「保利くんみたい。かわいそう」とぼそりと言った。

水槽には七匹ほどの金魚がいた。金魚すくいで取ってきたものもいるが、ペットショップで購入した琉金《りゅうきん》なども泳いでいる。

その中の一匹の琉金が腹を上にして泳いでいるのだ。

広奈が〝保利くんみたい〟と言ったのは、その琉金のことのようだった。

保利はライトを点灯させた。鮮やかなブルーのライトが水槽を照らす。

「僕は、かわいそうじゃないよ」と保利はジャケットを脱いだ。

保利は水槽の反対側から、広奈を見つめた。

「それは転覆病。失礼だな。僕は心体共に健康だよ」

広奈が、保利を見つめている。

「誤植見つけて、出版社に手紙を送る趣味を持った人が？」

保利は床に積んであった本を手にした。本には保利が貼り付けた付箋がいくつもあった。その一つのページを開いた。

「見てよ、これ。〝目から魚が落ちた〟」と保利は笑ってしまう。

「なんの魚が目から落ちたんだろうね。ブリかな？　イワシかな？」

だが広奈はまったく笑わない。

「もっと楽しい趣味、見つけたら？」

保利はなおも笑いながら、本の付箋の付いたページを開いている。

「身悶《みもだ》えするほど楽しいんだけど」

本を読みながら保利は広奈の隣に座った。

「保利くんが楽しそうにしてる顔、恐いんだよね。生徒も引いてると思うよ」

そう言いつつ、広奈は足を伸ばして、保利の脇の下をくすぐろうとした。

「ほれ、先生、笑ってみ」

保利は言われた通りに満面の笑みを作ってみせた。

「笑顔が硬い。子供が泣くよ」

さらに大きな笑顔を作ってみせた。

「花が枯れる」

広奈はあまり笑うことがない。そのかわいらしい顔だちと、クールな表情のギャップ、そして時折放つ毒舌のセンスが、保利の心を鷲掴《わしづか》みにしたのだった。

「ま、変にいい先生ぶらないで、自分らしくしてるのがいいと思うよ」

広奈がそんなことを言いだしたのを保利は不思議に思った。二人でいる時に、学校の話をすることはあまりなかった。そもそも学校の話には広奈はあまり興味を示さなかった。

だが、駅で〝帰りなさい〟と大翔たちに言ったことを思い出した。

たしかにあの時、〝いい先生〟をイメージしていた。生徒指導に熱心な教師のイメージだ。自分でも似合わないと思っていた。だが広奈の前で〝いい先生〟をしてみたかったのかもしれない。

それをまんまと見抜かれた。

保利は広奈に身を寄せた。

「ゴム、ないんじゃなかったっけ？」

前回も同じことを言われたのを保利は思い出した。今回は買っておこうと思ったのだが、そういう時に限って、ドラッグストアで保護者に声をかけられたりするものだ。

つまり保利は買いそびれていた。

「大丈夫だよ」と保利は顔を近づけたが、その顔を広奈に押し返された。

「女の〝また今度ね〟と、男の〝大丈夫だよ〟は信じるなって、学校で教えてないの？」

保利は〝うまいなあ〟と感心しつつも、迫った。

「大丈夫だって」

すると広奈は小さな保利の顔を鷲摑みにして拒みながら「また今度ね」と言った。

これには保利は笑ってしまって、その日は大人しく寝ることになったのだった。

翌日、広奈は保利の部屋から職場に向かった。広奈が勤める財団法人のオフィスには広奈の実家より保利の部屋の方が断然近いのだ。

広奈を送り出してから、学校に向かったので、いつもより遅くなった。保利は広奈にスペアキーを渡そうとしたが断られたのだ。「まだ早いんじゃない？」と。

保利は自分が生徒に軽んじられる傾向にあることを知っていたが、それをマイナスとは考えていなかった。

まだ赴任して一月も経っていないのに、生徒たちはそれを敏感に感じ取っているようだ。現に担任ではない低学年の生徒たちが、散った桜の花びらをかき集めて、学校に向かう保利の背中にかけてくる。

とはいえ、他の先生の目があるので、叱らないわけにはいかず保利は「コラ」と言ったものの、笑ってしまう。

「朝ごはん、ちゃんと食べた？」と保利が、三年生だという女子二人組に尋ねた。

「おはようございます」と保利に挨拶してくれた二人組だ。そのまま一緒に並んで登校してくれるようだったので、声をかけたのだ。

「ソフト麺食べた」と髪の長い女子が答えた。

「へえ、ソフト麺かあ」と保利は驚いた。給食以外でソフト麺を食べたことがなかったからだ。市販されていることも知らなかった。

するともう一人のショートヘアの女子も負けじと朝食を披露する。

「コーンスープにパンつけて食べた」

「おいしそうだね」と保利は本当にうらやましがった。今朝は保利と広奈は共に寝坊して朝食は抜きだった。

その時、前方で、大きな声がした。保利が目を向けると、道路に生徒が転んでいる。誰かわからなかったが、その生徒の前を四人の男子生徒が走っていく。蒲田大翔、広橋岳、浜口悠生は、いつも一緒のヤンチャグループだ。もう一人は誰だ、と思っていると、振り返った。麦野湊だった。保利と目が合うと、あわてて顔を背けた。

いずれも保利が担任するクラスの男子だ。

いじめか、と保利は一瞬疑ったが、考えすぎだろう、とすぐに思いなおした。

保利はキャリーバッグを引きずって、転んでいる生徒のもとに駆け寄った。キャリーバッグは本を入れるためだけのものではない。学校の〝仕事〟を家に持ち帰ってこなさなければならないことも多い。作文や算数のプリントなどがクラスの人数分あると、かさばってかなりの量になる。〝大は小をかねる〟のだ。

転んでいたのは、担任するクラスの生徒だった。星川依里だ。

依里のスニーカーが片方脱げてしまっている。かかとを潰して履いているのは、足のサイズに靴が合わなくなっているからだ、と一目見てわかった。

この靴のせいで転んだのか、それとも麦野湊たちが転ばせたのか。

子供が好んでサイズ違いの靴を履き続けることはあまりない。親が子供に無関心な場合が多い。時にそこからネグレクトが発覚したりすることもある。

「星川、どうした？」

保利が落ちていた手提げ袋を拾って渡すと、依里はにっこり笑って受け取り「ありがとうございます」と頭を下げた。

依里は保利の質問に答えずに、すたすたと歩いていく。

依里の足下のスニーカーは、あまりに小さかった。恐らく走ることはできないレベルの小ささだ。

いじめなのか？　と保利はその後ろ姿を見送った。


保利は職員室のデスクに着くと、すぐに引き出しを開けて、名簿を取り出した。星川依里の確認だ。両親は別居中で住所が違っているが、離婚はしていないようだった。依里と同居しているのは父親の方だ。会社員とあるから、フルタイムの可能性が高い。それが〝あの小さな靴〟の原因か、と保利は携帯にその旨をメモした。頃合いを見計らって父親に面談した方が……。

いや、その前に保利は忘れていたことがあった。保護者面談がはじまっているのだが、クラスで依里だけが、その日時が決まっていなかったのだ。先週の水曜日にも依里に催促したが、日程の確認はできなかった。

今日にも父親の携帯に連絡をしてみよう、と思いなおした。

保利は難しい顔をしていたようで、席の脇を通りかかった教頭の正田が「保利先生、目つきが悪くなってますよ」と指摘して、教頭の日課である水槽の魚の餌やりをはじめた。

保利は、正田の餌やりを見ながらぼやいた。

「保護者面談の日程を出してくれない親がいて」

正田が餌をやっているのは、チンアナゴだった。砂の中にもぐって暮らす臆病な性質のウナギ目の一種だ。時折砂の中から顔だけ出すのだが、その姿がかわいらしい、と人気がある。

これは水槽など飼育セット一式を、かつての正田の教え子たちがプレゼントしてくれたそうで、二年前に正田が城北小学校に赴任してきた時に、一緒に職員室にやってきたのだ。

生徒たちからもチンアナゴは人気があって、職員室に毎日必ず見に来る者が何人もいる。

そして生徒たちは「チンアナゴ先生」と正田のことを呼んだりするようになっていた。そういえばどことなく正田の面立ちはチンアナゴに似ている、と保利はおかしくなった。

餌のプランクトンを水槽にスポイトで移しながら、正田は顔をしかめた。

「気をつけた方がいいかもしれませんね。子供より、親の面倒の方が大変な時代だから」

保護者面談を渋る親は、問題児の親、という時代ではなくなった。面談の要請をしても返事さえしないのが、今の問題親なのだ。あまり何度も面談をお願いしたりすると、しつこい、と怒りだしたりすることもあるのだ。

「やっぱりクレーマーみたいな親が……」

正田はみなまで言わせずに、首を横に振った。

「モンスターですよ、モンスター。教師受難の時代です」

正田が言い終えないうちに、職員室にざわざわとした空気が流れた。

見ると校長の伏見が、職員室にやってきたのだった。

正田はあわてて、伏見の後に従う。

伏見は職員室の真ん中で一礼した。

「本日から、職務に復帰します。あたたかいお見舞いの言葉を下さったこと、感謝いたします」

伏見はそう言って、また頭を下げた。

正田が後ろから伏見に拍手を送った。拍手はパラパラと職員室に広がっていく。

伏見は校長室に向かう途中、保利の前で立ち止まった。

保利が戸惑っていると、伏見は無表情のまま目礼した。

「先生の着任早々、留守をしてしまって」

「いえ」と保利は恐縮した。

「子供たちをよろしくお願いいたします」

今度は頭を下げる伏見に、保利も返礼しながら「はい」と応じた。


一時間目は国語だった。作文の課題を発表するに当たって、保利は作文を読み上げていた。

保利が手にしている原稿用紙は、かなり古いものらしく茶色く変色してしまっている。

「〝野茂《のも》選手がメジャーの挑戦を発表した時、周りの批判を恐れなかったように、僕はここで言い切る〟」

大翔が机に突っ伏して、完全に熟睡態勢に入っていた。昨夜の火事見物で興奮して寝るのが遅くなったのだろう。

朗読しながら保利は、大翔の背中を揺すったが、起きる気配がない。

朗読をやめて注意しようとしたが、保利は続けることにした。ここからが肝心のオチなのだ。

「〝西海岸ビーチで素振りする僕。僕は生まれ変わったんだ。僕は誓う。ぜったいに西田《にしだ》ひかるさんと結婚します。五年二組保利道敏〟」

クラスが爆笑に包まれる、と確信して読んだのだが、クラスは静まり返り、誰一人笑っていない。

実際に、保利が五年生の時、この作文はクラスの爆笑を勝ち取ったのだ。

しばらく気まずかったが、曖昧に笑って授業を続けた。


ゴールデンウィークも終わって、子供たちも落ち着きを取り戻しているな、と保利は思っていた。

ただ一つだけ悩みがあった。これまでことごとく、クラスの笑いを得ていた保利のギャグが城北小学校ではまったく受けないのだ。眠りに就く前に、そのことを考えると、くよくよしてしまって、眠れなくなってしまう。

同僚、といっても、二七歳の八島万里子《やしままりこ》より、一〇歳も保利は年上だったが、その八島に職員室から授業に向かう途中に尋ねてみた。

「〝先生は好きな子の結婚式に、二回出たことがあります〟」

まず八島の反応を保利は確認した。微笑を浮かべているだけで、八島は吹きだしたりはしなかった。昨晩思いついたネタだったが、これは実話だ。

一応確認してみる。

「子供たちに、受けますかね？」

すると八島は「う〜ん」と唸った。

「保利先生が言うと、ストーカーっぽいですよ」

八島は楚々《そそ》とした美女だが、時折、容赦のない言葉を口にする。

〝ストーカーっぽい〟？　保利が困惑していると、さらに八島は含み笑いをして告げた。

「夢中になるのは、キャバクラだけにしましょうね」

八島は会釈して、担任する五年一組に向かってしまった。

キャバクラ？　保利は、女性が接待してくれる飲み屋に行ったことがない。高齢女性がやっているスナックでも気づまりだ。なぜ居酒屋などより割高な料金を払って、見ず知らずの女性と会話をしなくてはならないのか。その意味がわからなかった。

まあ、世の中には色々な人がいる。八島先生も、かつての彼氏がキャバクラにハマって苦労した、なんて経験があって、それを僕に投影した……。

五年二組が騒がしい。

保利は走って教室に向かった。

教室に入ると、生徒たちは騒然としていた。

教室の後ろの棚の前で、湊が奇声を発しながら、棚に収められている体操着袋を、取り出して床に投げ捨てているのだ。

ふざけているのではない。なにか怒りに駆られて物に当たっているように見えた。

保利は湊の背後から駆け寄った。

「麦野くん、なにしてんの」

だが湊には、まるで保利の声が届いていないようで、呻き声とともに体操着袋を片っ端から投げ捨て続けている。

保利は湊の肩を摑んで止めようとしたが、湊は身体を震わせて、保利の手を振り払って、なおも体操着袋を投げ捨てている。

「麦野くん、やめなさい」

保利は湊を抱きとめようとした。とにかく鎮静させるためには、身体の動きを抑制することが必要だ。

だが湊の身体がいきなり大きく傾いた。その拍子に保利が伸ばした腕が、湊の顔面にぶつかってしまった。

鼻に当たったようで、湊は鼻を押さえて呻く。

「あ、ごめん、大丈夫?」

保利が湊の顔をのぞき込んだ。だが湊は鼻を押さえたまま返事をしない。

とはいえ湊は静かになった。

「なんでこんなことするの」と湊に保利は問いかけたが、湊は一向に返事をしない。

保利は、クラスの生徒たちに声をかけた。

「どうした？　なんで？」

誰も答えようとしない。だが女子生徒の何人かは、放り投げられた体操着袋を拾い集めだした。

保利は生徒たちの表情を見回した。顔を見交わしている生徒もいるが、普段は大人しい湊の荒々しい暴走に、驚いているように見える。

湊は少し落ち着いたようだ。

「うん？　ふざけてた？」と保利が穏やかな声で問いかけた。

ようやく湊が口を開く。

「なんか、イライラして……」

「イライラって。こんな風に持ち物捨てられたら、みんな、どう思うと思う？」

保利は床を見渡した。目の前に偶然にも〝麦野湊〟と名前が書かれた体操着袋があった。

それを取り上げて、床にぽんと投げた。

「どう思う？　うん？」

「……嫌です」

「でしょ。だったらみんなに謝ろうか。はい」

保利は、湊を生徒たちの方に向かせた。

「ごめんなさい」

謝罪して、下を向いたと同時に、湊の鼻から血が垂れた。

保利はあわてて、湊を保健室へと連れていった。


保健室の養護教諭は「まあ、鼻の血管は切れやすいから」と言って、特に治療らしいことはしなかった。実際に保健室に着くまでにもう鼻血は止まっていた。

保利の腕が当たった湊の鼻筋も、腫れたりはしていない。

養護教諭が湊の鼻に触れて「痛い？」と聞いたが、湊は「平気です」と答えた。


スーパーマーケットで、今夜の麻婆豆腐と卵スープの材料。そして朝のために納豆とハムを買いながら、保利は湊の〝体操着袋投げ捨て事件〟のあらましを広奈に話していた。

広奈は「ふ〜ん」と言いながら、話を聞いていたが、買い物を終えて店を出ると、感想を口にした。

「その子んち、シングルマザーなんだ？　だからでしょ？」

これは先輩教師の一人も匂わせていた。シングル親家庭は不安定になる子が多い、というようなことを。

広奈なら、別角度で驚くような分析をしてくれるのではないか、と保利は期待していたのだが、空振りだった。

「うちだって母子家庭だけど……」

実際に保利自身、父親を求めたこともないし、母親に感謝こそすれ、不満に思うこともなかった。シングル親だから不安定、という見方には偏見を感じてしまうのだった。

保利が不満げなのを、見て取ったのだろう。広奈がさらに自分の考えを補強する。

「逆に過保護になっちゃうし、うがった見方しちゃうんじゃない？」

保利の目がキラリと光った。

「〝うがった見方〟を、間違った見方という意味で使うのは誤用だよ。本来は本質を深く掘り下げるという……」

広奈は笑って聞き流すと、保利の口になにやら押し込んだ。

飴だ。ミルク味がベースだが、漢方薬のような香りがする。あまりおいしくはない。

「大変な時こそ、肩の力抜かないと」

広奈は〝リラックス効果〟と書かれた飴の袋を保利に見せて、保利のジャケットのポケットに入れてくれた。

気休めでしかないだろうが、保利は嬉しかった。

「小学校の先生の名前なんて覚えてる？」

広奈の問いに、一人だけ〝吉田《よしだ》〟という先生の名が思い浮かんだ。保利の作文を激賞してくれた教師だったので印象深い。だが保利が小学生の時に、担任になった先生は少なくとも三人はいたはずだったが、他の二人は顔も名も思い出せなかった。

つまり覚えているのは三分の一でしかない。

「覚えてない」と保利は答えた。

「どうせ忘れちゃうんだからさ、適当でいいんだよ」

広奈は元気づけるように、保利の肩をポンと叩いた。

〝リラックス効果〟を与えてくれるのは広奈なのかもしれない、と保利は思った。

「明日、早く終わるから、待ち合わせして買い物行こうよ」

広奈をアウトレットモールに連れていくという約束を果たしていなかった。休日はひどく混み合うので、平日の夜に行こうと、保利は密かに計画していたのだ。

「う〜ん」と広奈は、あまり乗り気ではないような声を出した。

「行こうよ」と保利は広奈の腕を組んで、子供のように揺さぶった。

それから数日、湊の様子を保利は注意して見ていた。だが暴れたりすることはもちろんなかったし、不機嫌な様子などもまったく見られなかった。

そして、湊の鼻にアザも残らなかった。

午後から、運動会の五年生合同練習があって、校庭に五年生が集合した。

その日は、組体操の練習が行われた。

その危険性が指摘されて、今ではあまり行われていない〝ピラミッド〟だ。

湊は身体が大きいこともあって、最下段を任せられていたのだが、すぐに潰れてしまうので、下から二段目に変更された。それでも揺れて潰れそうになるので、保利が湊につきっきりで指導している。

湊の上に乗るのは依里だ。

依里が乗ると、すぐに湊の手足がガタガタと揺れだす。

「がんばれ、がんばれ～」

主に湊に向けて保利は声援を送ったが、やはり湊は潰れてしまった。

「おいおい～、それでも男か」

湊の配置を変えなきゃならないかな、と思いながら、保利は潰れてしまった湊が立ち上がるのに手を貸した。

六月の第一週を過ぎてから、かんかん照りが続いて、梅雨が明けてしまった。保利は職員室で学級日誌を読んでいた。日直の当番が毎日、クラスの出来事や活動内容を記したものだ。粗雑な内容になりがちだが、時にそこに〝問題〟が浮かび上がったりすることもある。

クラスの女子生徒が職員室に駆け込んできた。教室で男子たちが喧嘩《けんか》している、というのだ。女子生徒を伴って、保利は教室に駆けつけた。教室の中央で、仰向けに倒れている依里の上に、湊が馬乗りになって、依里の両腕を押さえつけている。

生徒たちは遠巻きに二人を見ているばかりだ。湊も依里も顔が汚れている。保利は一瞬、それが血だと思って驚きあわてた。馬乗りになっている湊を引き剝がすと、押さえつけられていた依里の容体を確認した。

血だと思ったのは茶色の絵の具だった。依里の服にも絵の具が付いていた。茶色だけではなく黒や緑も見える。

ひどいありさまだ。なにが起きたのか？

「大丈夫？」と依里を抱き起こす。依里は絵の具だらけの顔で笑っている。

湊にも「大丈夫？」と声をかけた。

湊は、左の耳を手で押さえている。どこかにぶつけたようだ。

湊の顔も依里と同じく絵の具で汚れている。絵の具はシャツにも付着していて、依里と同じく、茶、黒、緑の絵の具だった。

かなりの量だ。

「どうした？　なんでこんなことするの？」

湊に問いかけたつもりだったが、まったく反応しない。

「なにがあったの？」と保利は教室の生徒たちに呼びかけた。

だが誰も返事をしない。

「麦野くん、どうしたの？」

だがやはり湊は返事をしない。その時、保利は湊の左耳が、出血していることに気づいた。

「どうしたの？　その耳」

先日の鼻血の一件があり、保利は湊を依里から引き剝がした時にも細心の注意を払ったのだ。怪我をさせるようなことはしていない。

湊は左耳に触れて、手に付着した血を見た。

「わかりません」と湊はつぶやいた。


広奈に〝会いたい〟と連絡した。

湊のことを相談したかったのだ。大人しそうでシャイに見えた湊が、次々と問題行動を起こしていることに、正解をくれる先輩教師は、いなかった。

耳の怪我は小さなもので、養護教諭も「心配ない」と消毒してガーゼで傷を覆ってくれた。

本来なら学校で怪我をした場合、職員室で教頭らに報告した上で、連絡帳に書いて保護者に知らせるべきなのだが、保利はそれをしなかった。

そもそも問題になるような傷ではない、と判断したのだ。


翌朝、湊が学校を休む、と連絡があった、と同僚教師が保利に伝えた。

理由は〝体調不良〟とのことだったが、耳の怪我についてはなにも言及がなかった、と聞いて、保利はほっとしていた。


社会の時間の準備のために、放課後に資料室を訪れていた保利は、携帯を取り出した。

広奈に〝一七時に駅前で〟とメッセージを送ったのだ。すぐに〝了解〟と返信があった。

確認すると保利は、地球儀と大型地図を手にして資料室を出ようとした。

そこに複数の足音がした。

資料室に駆け込んできたのは、神崎だった。

「いた、いました」と神崎は廊下に向かって声を抑えながらも、鋭く報告した。

保利はなにごとか、と呆然とするばかりだ。

そこに、正田と品川も走ってやってきた。

いずれも、血相を変えていて息が荒い。

ただごとではない、と保利は少し怯えた。

正田が、保利をかなり強引に、資料室の奥にまで押し戻した。

神崎と品川も入ってくる。

神崎がやはり声をひそめたままで「麦野湊の保護者が抗議に来てます」と告げた。

「はい？　え、なんの抗議ですか……」

正田は鋭い目つきで保利を見ている。

「君は目つきが悪いし、感じも悪いから、ここにいなさい」

ひどい言葉だった。保利は腹が立った。

「僕、なにもしてません」

そう答えながらも、湊の鼻に保利の腕がぶつかって、鼻血を出したことが脳裏をよぎって、訂正した。

「誤解があるなら、僕が説明します」

保利の言葉を遮るように、正田が首を横に振った。

「話が大きくなると困るの。保護者の相手は僕らの方が慣れてるから、ね、任せなさい」

有無を言わさぬ態度だった。

言い終えると、正田と品川は、そそくさと廊下に走り出ていった。

保利は動揺していた。あの耳の傷についての抗議だとしたら、その説明ができるのは自分しかいない。それをどう〝大きく〟せずに収めようというのか。

一人、見張りのように残った神崎が厳しい目で保利を見つめていた。

「先生、ご存じないでしょうけど、麦野の家は、お父さんが亡くなられてて……」

「知ってますよ。でもそれは、今、別に関係ないじゃないですか」

神崎は首を振った。

「面談の時、中学受験するって言ってませんでした?」

「ああ、はい、言ってましたね」

保利は不機嫌になるのを止めることができなかった。神崎の慇懃無礼な態度がなんとも堪えがたかった。神崎は保利よりも五歳も年下の〝後輩〟なのだ。もちろんこの学校での経験は神崎の方が上だが、神崎は保利を軽蔑しているのを、露骨に態度に表すのだ。

またも神崎は、保利をにらんだ。

「だったら、いじめで転校みたいなことになったら、受験とか無理ですよ」

保利は、かつて湊を担任していた神崎に相談したばかりだったのだ。保利は湊の〝絵の具まみれ取っ組み合い事件〟を踏まえて、湊が依里をいじめているのではないか、と疑っていた。

即座に神崎は「いじめはない」と断言した。だがその根拠は「この学校には、これまで一件もいじめがないんですよ」だった。もちろん湊の穏やかな性質についても、神崎は言及していたが、保利は納得がいかなかった。それではまるで〝いじめがない学校〟を守るために、いじめの萌芽を隠蔽しようという圧力にしか聞こえなかったからだ。

保利は自分でも、感情がすぐに表に出てしまうことを気にしていた。恐らくその時も神崎の〝助言〟に納得できなかった不満が顔に出てしまっていたのだろう。

だが神崎の指摘は正しかった。

麦野湊の母親に、すべてを説明するためには、依里との経緯も話さなくてはならない。そうであれば〝いじめ〟が顕在化してしまう可能性があった。

保利はなにも言えなくなってしまった。


保利は資料室に、二時間も閉じ込められていた。

広奈との約束の時間を過ぎてしまっていた。〝ちょっと遅れる〟とメッセージを送ったが〝疲れてるから、今日はもう帰るね〟と返信があった。

二時間後に迎えに来たのは神崎だった。渋い顔をしていて、職員室に向かう途中で、神崎は一言も口を利かなかった。

保利は不機嫌な態度が表に出ないように自分をいさめながら、神崎の後を歩いていた。


外はすっかり暗くなっていたが、職員室には残業している多くの教師たちの姿があった。

正田と伏見は教頭と校長のデスクにそれぞれ座っていて疲れた顔をしている。

デスクの前に品川が立っている。

神崎と保利が職員室に入ると、三人が保利に険しい顔を向けた。

神崎は品川の隣に立ち、保利は伏見の前に立った。

正田が抗議の内容について保利に説明した。

保利が麦野湊の鼻を殴って鼻血を出させたこと。麦野湊の体操着袋を投げ捨てたこと。麦野湊の耳を引っ張り傷を負わせた上で、暴言を吐いたこと。麦野湊を懲らしめるために給食を与えなかったこと。

保利はなにから説明すべきか迷った。給食を与えなかったことも、暴言も耳を引っ張ったことも殴ったこともない。だが考えがまとまらないままに、口を開いてしまった。興奮していた。

「殴ってません。たまたま手が当たっただけです」

だが、伏見をはじめ、誰も納得した様子はない。それどころか、神崎は首をひねっている。

「僕から保護者に説明します。麦野くんが、暴れてるのを止めただけだって……」

正田が首を振る。

「児童のせいにしたら、親御さんの怒りに火が点《つ》くでしょ」

品川が畳みかける。

「教育委員会に持ち込まれたら、学校全体が処分されることになるんです」

暴力を教師が振るったと認定されれば、保利は懲戒処分の対象となる。それが教師によるいじめとなれば処分は免職などの重いものになる。そればかりか学校全体が処分対象となる。監督責任を問われるのだ。

「下手したら全員……」と正田が息を吞んだ。

「でも実際に……」と保利が言いかけたが、伏見が遮った。

「実際どうだったかは……」

伏見の顔には、表情がまるでないように保利には見えた。

伏見は無表情のまま続ける。

「……どうでもいいんだよ」

あまりにひどい言葉に、保利は反論することもできなかった。

結局、それ以上の〝話し合い〟は本当に行われなかった。

だが保利が帰宅した後で、伏見校長、正田教頭、学年主任の品川、もしかすると神崎も加わって、保利の処分について話し合われていたようだ。

翌日、六時間目が終わると、保利はすぐに校長室に呼び出された。

そこには伏見、品川、正田が待ち構えていた。神崎の姿はない。

まもなく麦野湊の保護者が校長室にやってくる、と正田が保利に告げた。

そして、保利に今回の〝謝罪〟の流れを説明した。

まず保利の謝罪、その後、母親からの質問がなければ、もう一度、全員で謝罪して終了。

もし母親から質問などがあっても、保利は一切答えずに、校長、または教頭に任せる。

万が一、母親が納得せずに怒りだしたりした場合、校長の「ご理解ください」という言葉をきっかけに、保利が起立して謝罪。その後、全員が一斉に起立して深く一礼する。

つまり、内容はまったく無視して、ひたすらに謝罪することで、押し切ろうというものだった。

保利は「でも……」と口を挟もうとしたが、正田に無視された。その上で正田は「謝罪の練習をします。一言一句変えずに暗記してください」とメモ書きを手渡してきた。

そこにはまるで内容のない謝罪の言葉が書きつらねてあった。なにかひな型でもありそうな定型文だ。

保利は諦めて、メモ書きを暗記しようとしたが、まるで頭に入ってこない。

一〇分ほどすると、正田が時計を見て「そろそろいいかな？　リハーサルしましょ

まった。

「麦野湊くんに……」と謝罪の言葉を、ぼそぼそと口にしていた保利は、つかえてし

保利は、返事をすることも億劫《おっくう》なほどの、無力感にとらわれていた。

う」と言いだした。

するとと応接セットの前に座っていた監督役の品川に、ダメだしをされた。

「はじめから」

保利はうんざりしていた。保利の隣に座っている正田も「笑わない」「もっとハキハキと」「背筋を伸ばして」「もっと感じよく」などと注文をつけるのだ。

逃げ出したかったが、それもかなわない。

「わたくしの指導の結果、えー」

保利がはじめから言いなおすと、またも品川が止めた。

「〝えー〟はいらない」

保利はそっとため息をついた。この〝えーはいらない〟はリハーサルをはじめてから一〇回以上言われている。だが半ば口癖のようなもので、〝えー〟と言わないと次の言葉が出てこなくなってしまうのだ。

「はい……」と渋々保利は応じて、リハーサルを続けた。

すると校長のデスクに座って保利の〝謝罪〟を聞いていた伏見が立ち上がった。

その手には、写真立てがあった。

それを応接セットに向けて置いたのだ。そして正田に命じた。

「保護者の方が座る位置に座ってください」

リハーサルは万全で、麦野湊の母親が座る座席まで決まっていた。もちろん教師たちの席も決まっている。保利は長椅子の中央に座り、正田と品川に挟まれる形になる。

正田が湊の母親が座る予定のソファに腰かけた。

伏見が写真立ての位置を調整している。

「そこから、写真が見えます？」

正田は確認してから笑顔になった。

「はい、見えます、ばっちりです」

保利はその写真を見たことがなかった。リハーサルを続けながら、写真に目を凝らして驚いた。その写真には伏見とその孫らしき少女が写っている。

リハーサルの言葉を口の中で繰り返しながら、伏見の無表情な顔を見つめて、保利は心の中で〝化け物だ〟とつぶやいた。

ほぼリハーサル通りに、麦野湊の母親への〝謝罪〟は終わっていた。

保利は何度も母親に詰問されて思わず答えてしまいそうになったが、伏見の詭弁《きべん》にもならない無茶苦茶な言葉でなんとか押し切ってしまった。

ただあまりの緊張に耐えられず、広奈にもらった〝リラックス効果〟があるという飴を口にしたのは失敗だった。母親に見つかってしまったのだ。

そこを責められて、思わず母親にシングルマザーの〝あるある〟を語ってしまったのはさらにマズかった、と保利は反省していた。

母親が納得したとは保利は思えなかった。必ずや〝次〟があるはずだ、とも思った。その時には、湊のいじめについて、母親と語ろう、とも思っていたが、伏見たちがそれを許すとは思えなかった。

そうなったら、個人的に麦野家を訪問して……。

保利は職員室が静まり返っていることにようやく気づいた。見回すと、残っているのは五年一組の担任の八島だけだった。授業のための資料を手作りしているようだ。時計は午後一〇時を指している。

保利は夜食に注文した焼きそばを食べるのも忘れて、思いに耽《ふけ》っていたのだ。他に教師の姿もないので、保利は八島に話しだした。今日の校長室での異様な光景を。主に校長の写真立ての異様さを事細かに説明する。

八島は資料を作る手を止めずに、保利の話を聞いてくれている。

「校長が、写真をね。こう角度を調整して」

保利は机の上にあった英語辞書を、デスクに立てて、動かした。

「麦野の母親が座るであろう席に向けて。見えます？って、教頭に確認したんだよ」

八島は驚くこともなく、平然としている。

「ま、校長は、この学校大好きですからねぇ」

八島の反応が薄いことに、保利は驚いていた。八島はこの学校に赴任して三年目になるので、伏見の特異な人柄を知っているからなのだろうか。

だが、保利はとても飲み込めなくて「それにしてもなあ……」と嘆息した。

すっかり冷めてしまっている焼きそばを保利が食べようとすると、八島が声をひそめた。

「うち、近所なんですけど、例のあれ、本当は校長先生なんじゃないかって噂あるんですよね」

八島がなんの話をはじめたのか、保利にはわからなかった。

「はい？」

八島は作業の手を止めて、保利の目の前までやってきて、さらに声をひそめた。

「駐車場で孫を轢いたの、ご主人じゃなくて、校長先生本人なんじゃないかって」

当たり前のことのように言って、八島は少し笑った。楽しげに見えた。

校長の〝ご主人〟も地方公務員で、数年前に定年退職している、と保利は聞いたことがあった。

保利は寒けを覚えていた。

残りの焼きそばをかき込んだが、まったく味がしなかった。


湊の母親への〝謝罪〟があってから、五日が過ぎていたが、母親からなにも申し入れなどはないようだった。

保利は、国語の時間に使ったＣＤラジカセを教室に忘れたことに気づいて、五年二組にやってきた。

四時間目は音楽の授業で、音楽室に生徒たちは移動しているのだ。

だが教室に入ると、そこには依里の姿があった。他の生徒たちの姿はない。

依里は妙な動きをしていた。教室後方にある体操着袋などを入れておくロッカーを一つ一つ、のぞき込んでいるのだ。

その足下を見て、保利はすぐに理解した。

依里は上履きを履いていなかった。

誰かに上履きを隠されたのだろう。典型的ないじめの手法だ。

保利は真っ先に右から二列目の最後尾の机の中を確認した。湊の机だった。さらに机の脇にぶら下がっている手提げ袋も見た。

だが、上履きは入っていなかった。

〝典型的な手法〟であるならば、と保利はごみ箱をのぞいた。

やはり、ごみ箱の中に上履きがあった。

取り出すと、なにかが付着している。触ってしまったが、なにかベトベトしたものだ。意図的に塗り付けられているように見える。

保利はいじめを確信した。

汚された上履きをそのまま依里に渡すのはあまりにかわいそうだった。

保利はポケットからハンカチを取り出して、上履きに塗られた得体の知れないものを拭った。

「そこにあったんだ〜。先生、ありがとう」

依里は笑顔だ。痛々しいほどに笑顔を作っている、と保利には見えた。

保利が床に置いてやった上履きを履いて、依里は駆けだしていった。

一人残された保利は、湊の机を見つめていた。


いじめの犯人捜しは、難しい。いじめる側にも濃淡があり、〝主犯〟をあぶり出すことも困難だ。特に保利が目をつけている湊には決定的な〝証拠〟がない。まして湊は保利からの暴力を学校に訴えている状態なのだ。保利にはまったく身に覚えのないことまで訴えてきている。湊にいじめを前提に話を聞いたりすれば、さらに事態は悪化するだろう。

依里に直接、尋ねても決して〝犯人〟を名指しすることはない。依里の言動を見ていると、いじめ自体を否定するだろう、と思われた。

だとしたら……。

保利は、星川依里の自宅の電話番号を調べた。

電話は留守番電話で、誰も家にいないようだった。星川家の両親は別居していて、父親が依里を引き取っている。

緊急連絡先になっている携帯電話番号にかけるのは、〝本当に緊急の場合〟に限られている。今回は緊急であるようにも思われたが、保利は判断できなかった。

湊の件があってから、少し臆病になっているのだった。

自宅訪問をしてみようと、保利は思った。結局、面談の日程を要望したものの依里の父親は無視し続けて、面談を行えなかった。

アポなしで押しかける形になるが、一度、父親に会っておかなくてはならない。依里の小さすぎるスニーカーの件も、それとなく伝えたかった。

家庭訪問することで、星川家の〝状態〟を把握することもできる。

訪問時間に悩んだ。あまり早すぎれば、父親が仕事で不在の可能性が高かったし、遅すぎる訪問は学校から厳に禁じられていた。それに依里が家にいる可能性も高くなる。

保利はあることを思い出した。今日は週に一度の部活動の日なのだ。今日しかない。依里は料理部に所属していた。部活動が終わるのは、午後四時ごろだ。だがそれでは父親は仕事中かもしれない。悩んだ末に保利は午後四時に、星川家を訪れた。

地元でおいしいと評判のそば屋の近くに星川依里の家はあった。モダンな造りの家だった。まだ築年数も浅そうだ。

保利は玄関の前で、戸惑っていた。真新しい家なのに、インターフォンが故障でもしているようで、ガムテープが貼り付けられているのだ。しかもインターフォンを隠そうとしてでもいるようにベタベタと無駄にテープが貼られていた。

仕方なく木製の玄関ドアをノックした。

しばらく待ったが、応答がない。

やはり仕事中か。

だが大きな家なので、ノックの音が奥まで届いていないのではないか、と保利は玄関から、庭に回り込んでみた。

大きなサッシ戸があって、リビングとダイニングが見えた。整頓されている部屋に人の姿はない。

庭の片隅に隠すようにごみ袋の山があった。そして大量の缶チューハイの空き缶がビニールに詰められていた。

庭も手入れされているのに、アンバランスな印象を保利は受けたが、仕事をしていれば、ごみの出し忘れもあることだな、と思っていると、背後で足音がした。

振り返ると険しい顔をした男性が「なに～？」と不機嫌そうな声で尋ねる。

依里の父親だろう、と保利は一礼した。

「えー、あ、突然すみません。わたくし、保利と申しまして、依里くんの担任の者です」

もう一度頭を下げてから、父親の様子を探った。

仕事帰りらしく、スーツ姿だったが、その手には缶チューハイのロング缶がある。さらに手にしているビニール袋に同じ缶が三本ほど入っているのが透けて見えた。

すでにかなり飲んでいるようで、身体がグラグラと揺れている。

父親は険しい顔のまま、保利を品定めするように眺めて、ごくごくと缶チューハイを飲んだ。

「先生か」

父親の言葉には、見下すような声音が混じっているように保利は感じた。

「依里くんのことでお話ししたいことがありまして……」

すると、その言葉を聞きたくないとでも言うように、急に父親は、庭の奥に向かった。

「大学どこ？」

ひどくぶっきらぼうな問いかけだった。

保利は返事をするべきか迷っていると、父親が笑った。皮肉な笑みだ。

父親は上着やバッグを庭のガーデンテーブルに投げるようにして置いた。そして手にしていた缶チューハイは同じテーブルにこぼさないようにそっと置く。

「学校の先生って給料安いらしいね」

そう言って、少しよろけながら、散水ホースを手にした。

保利は黙ってその様子を見ているしかなかった。

父親は散水ホースをグイッと力任せに引っ張った。ホースが収められているリールが転がってしまった。保利が、それを押さえるとホースがするすると伸びていく。

父親は庭の植木に水をまきはじめた。

「メガシティ不動産、知ってる？　僕、そこ出身」

大手不動産会社であることは、保利も知っていた。だが〝出身〟だとしたら、今は違うのだろう。とはいえ、そこに就職できた、ということは一流大学出身であるということなのだろう。

そして、今は午後四時からスーツ姿で酔っている。

「そうですか、すごいですね……」

保利はお世辞が下手だった。だがまんざらでもなさそうで、父親は水をやりながら笑った。やはり皮肉な調子ではあるが。

「すごかないけどさ、ま、小学校の先生から見たらね」

保利は本題に入ることにした。これ以上酔われると、会話が成立しなくなりそうだった。

「あの……依里君のこと……」

すると父親がいきなり大きな声で制した。

「たしかに！」

「え？」

「ご迷惑でしょうけど、学校に言われなくても、息子のことは、責任持って考えてますから」

予想外の言葉に、保利は耳を疑った。

「迷惑……いえ、彼はすごくいい子です」

するとと父親は笑った。今度は苦笑いだ。

「ダメダメ」

父親は手元で水を止めると、保利の目の前までやってきて、顔を歪めた。

「あれはね、化け物ですよ」

またも保利は意表を突かれた。

「はい？」

苦笑まじりに父親は続けた。

「頭の中に、人間じゃなくて、豚の脳が入ってるの」

保利は言葉を失っていた。酔っているとはいえ、あまりにひどい言葉だった。

そして保利は〝豚の脳〟という言葉に衝撃を受けていた。

湊の母親が訴え出た、湊への保利の〝虐待〟という名の嘘の中に、その言葉があったのだ。正田がその訴えを読み上げた声音まで思い出した。

「〝保利先生は麦野湊くんの耳を引っ張り、怪我をさせた上で『お前の脳は豚の脳なんだよ』と言った〟」

まるで事実無根のでっち上げだ。耳に怪我をした原因はわからないが、依里と取っ組み合いをした時に傷ついたものである可能性が高い。まして暴言など決して口にしていない。そもそも豚の脳が入ってるとは、なにかの比喩なのか。

エリート意識の強そうな父親が、依里の成績を侮っての発言なのだろうか。

戸惑っている保利に、父親はさらに信じがたい言葉をぶつけてきた。

「だからね、私は、あれを人間に戻してやろうと思ってるの」

それもなにかの比喩なのか、と保利は思ったが、もう考えることができなかった。酔っていることを割り引いても、父親の言葉は衝撃的だった。

〝人間に戻す〟?


保利は依里の父親に、問いかけることも、話をそれ以上聞くこともできなかった。ただ「失礼します」とだけ告げて帰路についた。

いじめのことも、小さすぎる靴のことも、なにも話すことができなかった。

保利は一人、水路を見ながらたたずんでいた。

〝豚の脳〟という言葉が頭から離れなかった。ネットで調べても〝豚の脳〟を比喩表現として使う事例は見つけられなかった。だが少なくとも人間よりも劣っているという意味があるのだろう。

依里の父親は、〝人間に戻す〟と言っていた。やはりそういう意味だろう。

それが勉強の能力を表しているのか……。

そして、湊がなぜ、〝豚の脳〟という言葉を使って保利に罵倒された、と母親に訴えたのか。

湊と依里の間になにがあるのか？

水路を流れる奔流を見つめながら、保利は考え続けていた。

保利の背に近所の中学校の野球部員たちが「こんにちは」と声をかけたが、保利にはまるでその声が届いておらず、まったく反応しなかった。

授業が終わってから、保利は女子生徒に算数の質問をされて、教室を出るのが少し遅れた。

職員室に一度戻ってから、次の授業の準備をする時間がわずかしかない。

早足で廊下を歩いていると、ばったり湊に出くわした。

トイレに行っていたようだ。

保利は一瞬、湊を厭うような気持ちが動いた。もちろんいじめの件でそう思ったのだが、それは教師としてはあってはならないことだ、と思う気持ちが、保利をより軽薄にさせた。

「出たか？」と湊に尋ねてしまった。

だが湊は保利と目を合わせなかった。湊は硬い表情のまま、逃げるようにして去った。

　保利はなにかおかしい、とトイレをのぞいた。

　すると個室のドアがガタガタと音を立てている。助けを求めているのだろうか、と保利はトイレに足を踏み入れた。

　個室の中から楽しげに「か〜いぶつ、だ〜れだ？」と男子の声がした。

「どうした？」と保利が声をかけて、ノックをしたが、個室の中は沈黙している。

　その時、トイレの入り口に動く人影があった。目を向けると湊だった。戻ってきたのか？　保利と目が合うと、すぐに湊は立ち去ってしまった。

　個室のドアを押し開けようとしたが、開かない。鍵をかけて閉じこもっているのだろうか。鬼ごっこでもしていて逃げ込んだのか、と保利は思ったが、ドアの上を見ると、大型の二穴パンチがドアとドア枠を挟むようにはめられていて、ドアが開かないようになっていた。

　つまり、これは誰かを閉じ込めて、出られないように細工をしたのだ。

　パンチを外して、ドアを押し開けると、中から依里が笑顔で出てきた。

「な〜んだ、保利先生か。ありがとう」

　何事もなかったかのような顔をして、依里は手を洗うとトイレを出ていく。

　保利は、錠の代わりにされていた大型の二穴パンチを見た。

これは一度に一〇〇枚の紙に、二つの穴をあける道具で、トイレの向かいにある備品室に常備されているものだ。

これをドアの上に載せるには、ある程度の身長が必要になる。湊くらいの身長が。


翌日、湊と依里を保利は注意深く見守っていた。

だが、二人の間に、いざこざやいじめの兆候などは見られない。表面的には。

ただ、意外なことがあった。湊の隣の席の女子である木田美青《きだみお》が、興奮した様子で職員室にやってきた。

「猫の死体があったから、見てもらいたい」と美青は、有無を言わさず強引に、保利の手を引いて校舎の裏にある焼却炉のある場所に、連れてきた。


校舎裏はひとけがない。日陰であることもそうだが、なんとなく物寂しい場所で、生徒たちもあまり近寄らない。

焼却炉の裏にある側溝には、何年も掃除がされずに、枯れ葉が積もっている。

美青は、その側溝を指さした。

たしかに美青が指さした場所だけ、枯れ葉で埋まっていない。枯れ葉を取り除いたようにも見える。それはちょうど猫ほどの大きさに思えた。だが猫の死骸は見当たらない。

「私が見つけた時には、もう冷たくなってて」

　美青が怯えて震えている。

「ここに死んでたの？　猫が？」

　美青は小さくうなずいた。まだガタガタと震えている。美青の嘘とは思えなかった。

　だがその猫の死骸がないのに、保利を連れてきた意味がわからない。

　もう一度、美青の顔を保利が見た。

「私、見たんだよね」と美青の声も震える。

「ん？」

「麦野くんが、猫で遊んでるところ……」

　いつのまにか美青は、保利の袖をつかんでいた。そこから美青の震えが伝わってくる。

〝猫と遊んで〟いたのではなく、〝猫で遊んで〟いたのか。

　それはつまり、湊が虐待をしている、ということなのだろうか。

　子供のころに、昆虫、小動物などを殺害し、次第に大きな動物を殺して、行き着くのは……。

　かつて本で読んだ快楽殺人犯の一つのパターンだった。

これまでの湊を思い起こしてみる。

依里に馬乗りになって、腕を押さえつけていた湊、依里をトイレの個室に閉じ込めた湊、依里の上履きをごみ箱に捨てた湊、そして、猫を虐待していた湊……。

警鐘を鳴らすべきだ。


保利が職員室に戻ると、正田があわてたような様子を見せた。

保利は湊のいじめと猫の虐待について、正田に相談しようと教頭席に向かった。

すると、さらに正田は動揺して、立ち上がった。

なにかおかしい、と保利は職員室を見渡した。伏見、品川、神崎の姿がない。

保利の様子を見てなにかを察したようで正田が、席を立って職員室を飛び出していく。

麦野の母親が来ているのだ、と確信して、保利は正田の後を追った。

案の定、正田は校長室の扉を開けてなにか伝えようとしているように見えた。

走ってくる保利を一瞥《いちべつ》すると、正田は一礼して扉を閉めた。そして全力で保利を押し戻す。

「話をさせてください。麦野のお母さんに話をさせてください」

懇願したが、正田は聞く耳を持たずに押し返す。

校長室の扉が開いて、湊の母親が出てきた。

正田はなんとか保利をベランダに押し出そうとした。だがベランダの鍵がかかっていて手間取っている間に、湊の母親が目の前までやってきた。

校長室から飛び出してきた品川も加担して、保利を押しやろうとするが「謝ればいいんですか」と正田に小声で告げると、正田と品川の腕を振り払って、保利は湊の母親に向き合った。

母親は怒りに満ちた目を保利に向けている。

保利は最敬礼してから、顔を上げた。

「あなたの息子さん、いじめやってますよ」

挑発的な調子になってしまったが、もう押しとどめられなかった。

「麦野湊くんは、星川依里って子をいじめてるんですよ」

正田や品川、神崎がいさめようとなにか声をかけていたが、保利の耳には届かない。

「麦野くん、家にナイフとか、凶器みたいなもの持ってたりしません？」

そう言った途端に母親の顔つきが変わった。表情を失っているように保利には見えた。

「は？　なに言ってんの？　なにデタラメ言ってんの？　駅前のキャバクラ行ってたくせに。あー、わかった、あんたが店に火つけたんじゃないの？　放火したんじゃやないの？　頭に豚の脳が入ってんのは、あんたの方でしょ」

保利はあんぐりと口を開けたままで、なにも言うことができなくなった。

一体どこが発信源なんだ？　少なくとも僕じゃない。星川依里の父親か？　麦野湊なのか？　僕の知らないところで、グルグルと回ってつながっている。

それはまるで呪いの言葉のように、保利には聞こえた。

〝豚の脳〟……。


その四日後だった。保利は昼休みに校長室に来るように、正田に命じられた。

ひどくよそよそしい態度の正田だが、保利は「はい」と応じた。

校長室でなにが行われるのかさえ、正田は保利に説明しなかった。

校長室を訪れると、伏見、正田、品川が待っていた。

正田にソファを指さされて、そこに保利は腰かけた。

伏見も品川も正田も腰かけない。

まるで威圧するように、保利を取り囲んでいる。

ノックの音がした。続けて扉を開けて湊の母親が入ってきた。

保利の顔を湊の母親は黙って鋭い視線を向けてくるばかりだ。

保利はその視線を受け止めることができずに、うつむいた。

保利には、なにがはじまろうとしているのか、想像もつかなかった。

さらにノックの音がして、姿を現したのは神崎に連れられた依里だった。

依里は保利と視線が合うと目を逸らした。

正田が依里に「え～、保利先生が言うには、君が麦野くんから良くない行為をしばしば……」と尋ねると、依里は「麦野くんに、いじめられたことないです」とはっきりと否定した。

思わず立ち上がって保利は激昂《げっこう》しかけた。

だがすぐに思いなおした。いじめられている星川依里に、こんなにストレートに尋ねても、依里は湊からの復讐《ふくしゅう》を恐れて、決していじめを認めない。

保利がそう思っていると、依里がなにか口の中でつぶやいた。

湊の母親が鋭く反応して聞き返している。

「なに？　保利先生がなに？」

すると依里は保利を見つめて「いっつも麦野くんを叩いたりしてます」と言いだしたのだ。

保利はもう我慢できなかった。「なんだよ、それ」と依里に詰め寄った。

湊が耳を怪我をした時、一番近くにいたのは依里だった。〝叩いて〟いないことを一番知っているのは依里だ。

なぜ、そんな嘘を言うのか……。

依里が保利を見ながら、続けた。

「みんなも知ってるけど、先生が恐いから黙ってます」

すると正田が依里を校長室から連れだした。神崎と品川は、保利をブロックするようにしていたが、保利は二人をかき分けて依里と正田の後を追った。

「星川」と保利は去っていく依里に声をかけたが、依里は振り向きもせず、正田に促されて行ってしまう。

「星川」ともう一度呼びかけて、駆けだそうとしたが、品川に肩を摑まれて、押し戻されてしまった。

なぜあんなことを言ったのか、それだけでいい。なぜ？

途方に暮れていると、木田美青が友達と遊んでいる姿があった。

保利は美青に駆け寄った。

「木田さん、来て。この間先生に教えてくれたこと、校長先生たちの前でも話してくれないかな」

切羽詰まっていらだつ保利の態度に、美青は怯えて固まってしまっているが、保利にはそれを気づかう余裕がなかった。その場にひざまずくと、美青の両肩に手を置いた。

「麦野が猫を殺したのかも、って話だよ」

するとと美青は、かすれた震える声で否定した。

「私、そんな話してません」

「え……」と保利は絶句したが、ふつふつと怒りがこみ上げて、美青の両肩を摑んで揺さぶった。

「なんで、そんな嘘つくんだよ」

「痛い」と美青が顔を歪める。

その直後に保利は身体ごと持ち上げられて、壁に全身を打ちつけられた。

物凄い力で、身動きすることもできない。

目だけ動かすと神崎だった。

神崎は鬼のような形相で、保利の頭を壁に押し当てている。荒い息の音が恐ろしかった。

保利は壁に顔をグイグイと押しつけられて、呻くことしかできなかった。

その振動で棚に飾られていたガラス製のトロフィーが落下して割れた。驚くほど大きな音が響きわたった。

職員室では教師たちによる朝会が開かれていた。

教頭の正田が、全員にプリントを回した。

「えー、みなさん、手元にいきましたでしょうか？」

正田が確認している。

保利はそのプリントを手にして、愕然としていた。

「こちらのアンケート、五年生の全員に答えてもらうことにしました」

保利は手にしたアンケートのタイトルを見て、手が震えるのを意識した。

〝アンケート　保利先生のことを教えてください〟とある。

正田は「受け持ちの先生方、朝の会で、これ書いてもらって……」と続けたが、保利が声をあげた。

「なんですか、これ……」

だが声が震えていて、届かない。

保利の周囲にいる教師たちは、うんざりした様子で保利を見ている。

「なんですか、これ」

保利が大きな声で正田を遮った。

立ち上がって、正田の脇に座っている伏見校長に、保利はアンケートを突きつけた。

「なんなんですか、これ。なんですか、これ？」

伏見は返事もせずに、ジロリと保利を見てから、正田に視線を移した。

正田は、保利に封筒を示した。法律事務所の名前が入った大きな封筒だった。

「先方は弁護士を雇ったの。学校に内容証明が届いてるの」

保利は沈黙するしかなかった。

かつて保利のいた小学校で、いじめが発生した。その時、いじめの被害者の保護者が弁護士を雇ったのだ。

いじめの事実などを記載した内容証明が学校ばかりではなく、いじめの加害者となった生徒の家にも送られた。加害者の親には「指導監督義務」、学校には「いじめに対する安全配慮義務」が発生する、とあった。

この時は、当初は〝いじめはない〟と突っぱねていた学校が〝危機感を抱き〟加害生徒の保護者に働きかけた。それによって加害生徒からの謝罪の手紙が被害者に送られた。その時はそれで収まった。

だが今回は、教師による生徒へのいじめであった。問題はより深刻だ。

弁護士が入ったことで、保護者からの単なるクレームとは、次元が異なる対処をしなければならなくなる。内容証明には、弁護士の指導により、いじめについての法的責任の追及、また、保利にやめてほしい行為が書かれており、学校にどう対処してほしいか、という要望も書かれていると予想された。

そこにはきっと、保利の退職を求める文言があるだろう。

なにを言えばいいのか？　なにから話せばいいのか？

保利は混乱してしまい、立ち尽くすばかりだった。


学年主任の品川が、朝会が終わる間際に、保利に声をかけた。

「保利先生……」

茫然自失状態だった保利は、対抗策を必死で考えていた。だがどう考えても、湊や依里、美青らを傷つけずに、身の潔白を証明することは難しかった。

「保利先生」

品川の二度目の呼びかけで、ようやく保利は気づいた。

「は、はい？」

「五年二組の朝の会、本日は私が担当しますんで」

「え？」

「保利先生に関するアンケートなんで、わかりますよね？」

アンケートの対象である保利がその場にいることで、子供たちが〝本当のこと〟を書けないということだろう。

「わかります。でも……」

「職員室で待機していてください」

品川は保利の言葉を待たずに、そう言って席に戻った。

教師たちの保利への視線が冷たかった。保利は静かに目を閉じた。

職員室に取り残された保利は、席を立って廊下に出た。とがめる者は誰もいなかった。

まっすぐに五年二組の教室に向かった。

教室の前までやってくると、扉が音を立てて開いて、保利は身構えた。保利の姿を見た品川が追い払いに出てきたと思ったのだ。

だが顔を出したのは浜口悠生だった。

保利の顔を見て驚いた様子だったが「トイレ、トイレ、トイレ」と歌うように言いながら、トイレに駆けていった。

保利は教室後部の扉ののぞき窓から、教室の様子をうかがった。

生徒たちはアンケート用紙に向き合っていた。

湊と美青もいるが、依里は今日、休みだ。

品川が「よ〜く思い出して、正直に書いてね」と生徒たちに告げている。

その品川が窓からのぞく保利に気づいて、生徒たちにわからないように手で「立ち去れ」と合図したが、保利は黙って生徒たちの様子を見ていた。

「保利先生が恐いと感じたことはありますか？」

品川がアンケートの設問を読み上げる。

その設問に対して〝ある・ない〟のどちらかに○をつけるのだ。

「保利先生に、怒鳴られたり、強く摑まれたりしたことはありますか？」

そんな設問が、ずらずらと十数問あった。

大きな声を出してしまったことも保利には覚えがあった。だが、それが怒鳴り声だったかどうかはそれぞれの受け止め方によるだろうし、その結果〝恐い〟と感じる子もいて……。

生徒たちは次々と設問に答えていく。

〝ある〟に○をしている生徒が数多くいるのを見ることができた。

中には〝ない〟に○をしたものの、消して〝ある〟に○をした生徒がいた。

保利は全身から力が抜けて、その場に座り込んでしまいそうになった。


アンケートの結果、五年生全体では、保利の生徒への暴言暴力などが〝ある〟とは認定されない割合だった。

だが五年二組の〝ある〟の割合があまりに高率であることで〝保利の生徒への暴言

暴力など〟が認定されたのだ。

ただちにその結果がまとめられて、処分内容も含めて、麦野家が代理人に指定した弁護士に報告がなされた。


保利はダークスーツに身を包んで、本館最上階の四階にある集会室への階段を上っていた。保利の前にはやはり黒いジャケットとスカート姿の伏見がいた。

保利の背後にもスーツ姿の正田と品川がいる。まるで護送される囚人のように保利はうなだれていた。

だが保利の足がぴたりと止まった。

前を行く伏見が振り返った。

いつも通りの無表情で、保利の怯えた顔を見ている。

「僕、やってません。本当にやってません」

保利の声は泣き声に近かった。

これから麦野家に報告された〝処分〟の一つである、五年生の保護者たちへの説明会に臨むのだ。

説明会に多数の保護者たちが参加しているであろうことは、集会室から聞こえてくる保護者たちのざわめきの大きさで、充分にわかった。

伏見はしばらく保利の怯えた顔を見つめていたが、やがて口を開いた。

「でしょうね」

伏見の言葉に、保利は大きな声を出しそうになったが、かろうじて飲み込んだ。

伏見は保利が無罪であることを認めたのだ。いや、一貫して、それを伏見は知っていたはずだ。だが、それを隠蔽するために誤魔化して謝罪してしまったことで、こんな事態になってしまっているのだ。

もし、今、すべてを覆す可能性があるとしたら……。

すがるようにして、保利は懇願した。

「だったら、こんなことやめてください。お願いします」

すると、伏見の代わりに背後から正田が諭した。

「今頃反論したって、余計批判が集まるだけでしょ」

たしかにそうだ。資料室に閉じ込められていた時、麦野湊の母親からの最初のクレームに対して、自分がしっかりと説明していればこんなことにはならなかった。伏見たちが隠蔽に失敗したから……。

「だったら、なんであの時……」

不平をぶつけようとした時、伏見が保利の顔をにらんだ。

その冷たいが迫力のあるまなざしに、保利がひるんでいると、伏見は低い声で宣告した。

「あなたが、学校を守るんだよ」

保利は反論することもできずに立ち尽くした。

すると背後から正田と品川が「さあ、行きましょう」と、保利を押した。

保利が抵抗できたのは、わずかな時間だった。

強く背中を押されて、ロボットのようにぎこちなく、階段を上がらされた。

伏見の挨拶からはじまり、すぐに保利は、大勢の保護者たちの前に立たされた。

マイクを手にして一礼する。

保利が顔を上げると、保護者たちの険しい表情が迫ってきた。

保護者たちに話す内容は、ここに来る前に伏見たちとリハーサルをしている。

それを口にする時、それは自分の教師としての暮らしを捨てる、ということだった。

城北小学校のために、我が身を捨てる、ということだった。いや、捨てろ、と命じられたのだ。

リハーサル通りの言葉ではなく、自分の言葉で〝説明〟をすることもできる。

今、ここですべてを覆すことも可能なのだ。覆すことができなかったとしても、一石を投じることは可能だ。

どうする？　と保利は自問していた。

集会室がざわついている。その原因が自分の長い沈黙にあることに、ようやく気づいた。

なぜだ？　なぜこんなことになってしまった？

そう思いながら、保利は絶望した。

リハーサル通りに、マイクに向かって、自分がしていない暴力と暴言について詫びた。

説明会を終えてから、保利は、校長室で伏見と正田に教師の職を辞する旨を申し出た。

その日のうちに書いた退職願を、伏見に提出して、受理された。

数日後に教育委員会での面談があり、そこで退職届を提出して、退職が決定するはずだ。

伏見は保利に声をかけようともしなかった。ただ黙って受理して〝一身上の都合により退職いたします〟という定番の文書を一瞥して「承知しました」と告げただけだ。

明日から保利は教壇に立てなくなる。五年二組の次の担任は決まっていないが、学年主任の品川や教頭の正田が、交代で朝と帰りの会などを担当したり、学習指導もしたりするようだ。

保利は学校に来るな、と命じられているので、退職が確定するまで有給休暇を消化することになる。そしてそのまま、夏休みに入ることになった。夏休みが明けると、新たな担任が五年二組を受け持つことになるだろう。

保利は職員室でキャリーバッグに私物を詰め込んだ。

デスクの中の子供たちの資料は、次の担任に引き継ぐ形だが、実際にはただ置き去りにするだけだ。

私物は呆気ないほど少なくて、キャリーバッグも重たい、というほどではなかった。

職員室を辞する際に「失礼します」と保利は、小声でつぶやいて頭を下げた。目が合った八島が会釈してくれたが、それ以外の教師たちは顔を上げようともしなかった。

保利はキャリーバッグを引きながら、昇降口に向かった。

昇降口に人影があった。時間はもう午後七時を回っていたが、校長の伏見が作業服姿で、膝をついて床を掃除していた。

カシャカシャと金属のコテで床の汚れをこそげ落としている。

床が汚れているとも保利には思えなかったが、いつも校長はこの昇降口をこうやって掃除している。

　学校を愛する校長であることを、アピールするデモンストレーションのように見えた。

　保利が無視して、伏見の脇を通りすぎようとすると、伏見は気づいていたようで保利には目を向けずに声をかけた。

「お疲れさまでした」

　その感情のこもらない言葉を聞いて、保利は思わず口走っていた。

「本当は誰が運転してたんですか？」

　大きな声になったので、伏見の耳に届いていないはずはなかった。

　それは伏見の孫の事故死について、家が近所だという八島が耳にしたという噂についてだった。

　もし、やましいことがあれば、なんらかの反応をするんじゃないか、と保利はどこかで思っていた。

　伏見の顔を見やったが、その顔に表情はない。

　保利は伏見に詰め寄った。

「あなたは校長って立場があるから、名前が出たら困るから、ご主人に身代わりになってもらったんでしょう？」

だが伏見は保利に顔を向けずに床をこすり続ける。

しばらく保利は黙って、伏見の返事を待った。

だが伏見は断固として、床をこすり続ける。それが伏見の意思表示なのだろう。

罪も真実も正義も、伏見には無意味なのかもしれない。

死んだ孫の写真さえ、自分のために利用する人間なのだ。

保利は諦めて、歩きだした。

伏見は同じリズムで、汚れてもいない床をこすり続けている。


保利は以前にすっぽかしてしまった約束を果たすために、何度か広奈と連絡を取ろうとしたが、仕事が忙しいらしく、会うことができなかったのだが、土曜日の夜にようやく時間を空けてもらった。

アウトレットモールに行くには、時間が遅かったので、隣駅のショッピングモールに新しく入ったファッションブランドで広奈のショールを買い、食事をして戻ってきた。

保利は繰り返し、湊、依里、美青への不満と、学校の教師たちの不誠実さを、吐き出し続けていた。

それをずっと聞かされている広奈は、退屈しているようだったが、保利は気づいていない。もともと相手の気持ちを推し量るのが得意ではなかったが、怒りがその傾向をますます強めていた。

駅から保利のマンションに向かう道すがら、やはり保利は同じ話をしていた。

「〝とりあえず謝れ〟ってみんな言うんだよ、校長も教頭も。〝謝れば済むから〟って。しょうがないからさ、麦野にも謝ったの。でもさ……」

広奈はまるで保利の話を聞かずに、携帯を眺めていた。

保利の部屋はマンションの三階にあった。エレベーターを降りて、廊下を歩きながら、保利は広奈に声をかけた。

「最近、忙しかった？」

仕事が忙しいから不機嫌なのか、と保利は思ったのだ。

するといつもクールな広奈が、少し気まずそうにした。

「まあ、今日もちょっと、この後に、仕事残ってて……」

保利は、やはり仕事のせいで不機嫌なんだ、と思っていた。

すると階段の暗がりから、二人組が現れて、保利たちを驚かせた。

見るとカメラを持った男性と、広奈と同年代らしきスーツ姿の女性だった。

「どうも、こんばんは」

女性は笑顔で言って会釈した。

「城北小学校の保利先生ですよね」

「ああ、はい」と保利は女性の顔を見つめたが、見覚えのない顔だった。

女性は保利が手にしているブランドショップの袋を見ると「お買い物の帰りですか?」と言いながら、名刺を出して、保利に手渡した。

その時、男性が手にしていたカメラのシャッター音がした。カメラは保利に向けられている。

「あ」と保利が抗議しようとすると、カメラマンらしき男性は「すみません」と、すかさず謝った。間違ってシャッターを押してしまったという意味だろう。

「お話うかがいたいんですが、よろしいですか?」

地方紙の新聞記者で社会部所属と名刺にはあった。

するとまたシャッター音がした。

「やめてください」と保利が言うのと「ごめんなさい」とカメラマンが謝るのは同時だった。恐らくカメラマンは、誤ってシャッターを切ったふりをしているだけだ。

保利はしつこく食い下がる記者とカメラマンに「話すことはありません」と繰り返して、なんとか部屋の中に逃げ込んだ。

部屋に入ってからも、保利は何度も、玄関ドアののぞき穴から、記者とカメラマンがいないことを確認した。

「もう帰ったみたいだよ」と保利は、沸かしていたお湯でコーヒーを入れた。

「さっき、写真撮られてたよね」

広奈は記者たちが現れた時点で、即座に部屋の中に逃げ込んでいた。カメラを目にして記者とカメラマンだ、といち早く察知したようだった。

広奈はなにかを片づけている。

保利が見ると、それは広奈が〝お泊まり用〟に置いてあるパジャマや部屋着だった。持参したらしい大きなビニールの手提げ袋に詰め込んでいる。

「なんでパジャマ？　泊まっていかないの？　なんで？」

広奈は表情を変えずに、服を詰め込んでいる。

「なんでっていうか、別に大変そうだし」

ぼそぼそと言いながら、広奈は荷物を手にして玄関に向かってしまう。

「大変じゃないよ。たしかに色々あったけどさ……」

追いかけながら保利は、ようやく広奈がなにをしようとしているのかを理解しはじめていた。

玄関で靴に足を入れながら広奈は、保利の顔を見つめた。その顔には冷たい怒りが見えた。

「さっき、私、写ってなかったよね？」

責めているような口調だった。

「写ってても、新聞に載るのは俺だけだよ！」

保利は思わず声を荒らげて、広奈の肩を摑んだ。

「痛い」と、広奈がさらに冷めた目で保利を見据えた。

「ごめんごめん」と謝りながら、静かな声を意識して保利は確認した。

「ねえ、俺は無実だって言ったよね。わかってるよね？」

笑顔を浮かべて広奈はうなずいた。

「わかってるよ。元気出してね。また連絡する」

保利は危機的なものを感じていた。

すると広奈は、保利を引き寄せてキスをした。

だがそのキスは、あまりに心のこもらないものだった。

広奈は微笑を浮かべて、部屋を出ていく。

興奮した保利を鎮静させて、逃げるためのキス。

玄関ドアが閉まると、静けさの中で保利は立ち尽くした。

部屋を見回すと、ピンクの紙袋が目についた。

保利が広奈に買ったばかりの、夏用のショールだった。

前回すっぽかしてしまったお詫びもこめて、無理をして買ったものだ。

それを広奈もわかっているはずだ。

保利はその紙袋を手にして、玄関に向かった。

忘れたことを思い出して、広奈が戻ってくるんじゃないか。

保利は玄関ドアののぞき穴から廊下を見た。

だがそこに人影はなかった。その薄暗い廊下を見ながら保利は、逃げられた……いや、捨てられたんだな、と思うしかなかった。


保利は教師を辞めてからの道筋をまったく考えていなかった。考えられなかったのだ。だが辞めるという気持ちにはブレがなかった。

伏見の顔と、床をこすり続ける姿は、保利に恐怖を与えた。神崎の形相、正田の作り笑い……。

あそこにはいられない。そして、居続けたとしたら……。

想像するのも恐かった。

広奈が転覆病になった琉金を「保利くんみたい」と言っていたことを思い出した。

〝世の中のはみ出し者〟という意味だったのだろう。だが転覆している側から見ると、世の中のすべての人が転覆して見えるのだ。

そんなことを思っても、保利の心は晴れない。ただの負け惜しみでしかない。

当然ながら、広奈から連絡はない。ラインにメッセージを送っても、既読にすらならない。ブロックされているのだろう。

社会生活からのブロック……。

遠くで町の防災無線が、オレオレ詐欺の注意喚起をのんびりした声でしている。

午後の、穏やかな時間だ。

カップラーメンをすすりながら、保利は週刊誌を取り上げて、机に広げた。

この週刊誌は、保利を取材に来た新聞記者が所属する地方紙の系列会社から出版されていた。

地方紙に掲載された記事をより煽情《せんじょう》的に増幅させて、保利が生徒にした〝虐待〟を報じている。

あの時、カメラマンが騙して撮った保利の写真も使われている。目を隠されているが、保利を見知っている人なら、一目でわかる写真だった。

〝耳から血が出るほど殴り「お前の脳は豚の脳」体罰教師の許しがたい罵言〟とタイトルがある。

いつのまに撮ったのか、広奈に買ったショールの入ったピンクの紙袋を持って、笑いながら歩いている保利の写真まであった。隣を歩く広奈の顔は写っていない。

保利は赤ペンを手にして、記事を読みはじめた。昨晩買ってきたのだが、どうしても読む気が起きなくて、一晩〝寝かせた〟のだ。

なぜか今日はすんなり読めた。もともと活字中毒気味なところがあるので、読み始めると、自然と目がその記事を追っていく。

記事の内容は、最新の情報だった。先日行われたばかりの五年生の保護者説明会の内容にまで言及している。入り口でチェックしていたから、保護者以外が立ち入ることはできなかったはずだが、保護者の誰かに記者が録音でも依頼したのだろう。保利の説明会での言動が描写されて、〝ここまでひどいと、謝罪ではなく悪態だ〟と書かれていた。

保利は赤ペンを手にした。文字を追いながら、その顔に思わず笑みを浮かべていた。記事内では保利のことを〝H教諭〟と記述していたが、途中で一か所だけ〝N教諭〟になっていたのだ。そこに赤線を引いて〝誰？〟と書き込んだ。

優秀な記者や編集者や、校正者が、揃って見落としている誤字脱字を見つけることは保利の大きな喜びなのだ。

この誤植を雑誌の編集部に指摘するべきか、を考えていると、玄関ドアがノックされた。

宅配便ならチャイムを鳴らすはずだが、故障でもしているのか、と思って玄関ドアののぞき穴から外を見た。人の姿はない。

通販で買い物をした覚えはなかったが、時に県の東端にある高原地域に住む母から、野菜が届けられることがある。

チャイムが故障していて応答が遅かったので、持ち帰ってしまったのかもしれない。廊下から下の道路をのぞけば、宅配便のお兄さんに声をかけられるかもしれない。そう思い、保利はドアを開けて廊下に出たが、転びそうになった。足下に落ちていたビニール袋を踏んでしまったのだ。

持ち上げて、中身を確認するまでもなかった。それは明らかに汚物で、悪臭を放っていた。

そして下の道路から「豚の脳！　豚の脳！」と叫ぶ声が響いた。廊下から外をのぞいたが、声の主の姿が見えない。男の声だったのは間違いない。声変わりを経た声だったが、少し幼い感じもあった。

城北小学校の生徒だろうか、と保利は時計を確認した。高学年はまだ授業のある時間だ。中学生か、高校生か、それとも保護者か……。

腹が立ったということではない。怒りに任せて部屋を飛び出したわけでもない。伏見や正田や品川、神崎の言動は、〝転覆〟している保利にも〝理由〟が透けて見えた。伏見たちは〝自己防衛〟しているのだ。

だが保利はどうしても飲み込めないことがあった。湊と依里の嘘だ。美青の〝嘘〟は後で冷静になって考えてみれば、たしかに〝湊が猫を殺した〟と美青は言っていない。ただ〝湊が猫で遊んでいた〟と言っていただけだ。

だが湊と依里の嘘の理由がまったくわからない。

いじめの被害者が加害者を恐れて告発できないことは、ままある。だがその加害者を守って罪を教師になすりつける、という事例を見聞きしたことはない。人間心理としても説明がつかない。

さらに湊に至っては、鼻からの出血は、偶然の事故であることを誰よりもわかっているはずだ。しかも、それは彼自身が招いた結果だ。そして、彼はいじめの加害者なのだ。そのことは湊に指摘することもできなかったが、湊は嘘をついて、一方的に保利を加害者に仕立てあげた。

その理由が、保利にはどうしてもわからなかった。

誰かをかばっているのだろうか？　誰を？　なぜ？

いくら考えても判然としないのだ。

だが教師を辞めた今なら……。

保利は部屋を飛び出して、走っていた。今日の図工は写生の予定だった。もし予定通りに図工が行われるなら、五年二組の生徒たちは、画板を手にして、校外に出てくるはずだ。

学校の外で、湊に会えるかもしれない。湊の本心を聞けるかもしれない。

そう思った瞬間に、保利は駆けだしていたのだ。


保利は、城北小学校の前まで来てしまった。物陰に隠れて湊が出てきたところで、声をかければいい、と思った。

だがタイミングが悪かった。

保利の姿を見た画板を手にした生徒たちが「あ、保利センだ」と騒ぎだしたのだ。

昇降口に湊の姿があった。保利は身を隠そうとしたが遅かった。

湊は顔を引きつらせて、校内に駆け戻ってしまったのだ。

だがこの機を逃せない。学校を訪れたことが発覚したら、刑事罰を受けるような事態になるかもしれない。しかし……。

保利は「麦野！」と呼びかけながら、追いかけていた。


湊は階段を駆け上がっていく。二階にある職員室に逃げ込まれたら、それでこの〝謎〟は永遠に解けないままだ。

保利は湊の後ろ姿を追った。

湊は本館最上階の集会室前の踊り場で足を止めた。集会室は使用時以外は施錠されていて、中には入れない。つまり湊は逃げ場を失ったのだ。

保利は荒くため息をついた。

湊は怯えているように見えた。

保利は笑顔を作った。脅すつもりはなかった。本当のことを聞きたかっただけだ。

湊は観念したようで、怯えた顔のまま、保利を見つめて動かない。

「なんで？」と保利は静かに問いかけた。

だが湊は固まっているように動かない。返事をしない。

「俺、君になんかした？」

やはり湊は凍りついたようになっている。

それでも保利は尋ねずにはいられなかった。

「なにもしてないよね？」

湊の目が迷うように動いた。だが保利の目を見つめると、湊はしっかりとうなずいた。

保利は意表を突かれていた。湊は、保利が湊に〝なにもしてない〟ことを肯定したのだ。

だったらなぜ？　なぜ嘘をついた？　恨んでもいない教師をなぜ陥れた？

保利はますます混乱するばかりだった。

だがどこかで安堵していた。重くのしかかっていたものから解き放たれたような気がして、保利は情けない声で笑ってしまった。

湊を傷つけるようなことを、無意識にしていたわけではなかった……。

「ハハハ、そう……」

すると、湊が小動物のように機敏に動いて、保利の脇をすり抜けて、階段を駆け下りていく。

保利はもはや、湊を追う気をなくしていた。もういい、これでいい、と、湊を許していた。

湊が階段を駆け下りていく足音を聞いていた。

すると、ドタリという音がした。そして女子生徒たちの「キャッ」という声が聞こえてきた。

「大丈夫？」「先生呼んでくる」と女子生徒たちの声が続いた。

保利が心配して階段の下をのぞいたが、湊の姿は見えなかった。

するとまた、女子生徒たちの声がした。

「どうしたの？」

「保利センに突き落とされた」

保利が湊を追いかけているところを見たのだろう。女子生徒の言葉を総合すれば、湊は〝転んだ〟レベルのことではない、と保利は判断した。

もしかしたら、湊は階段の高い場所から飛び降りて大怪我をしているかもしれない。

保利は絶望して深く吐息をついた。


城北小学校には本館と新館があった。本館が四階建てで、新館が三階建てだ。本館と新館は渡り廊下でつながっている。

だが、保利は渡り廊下を通らずに、本館の集会室の窓からベランダに出て、そこから窓枠に足をかけて横移動した。

集会室の入り口となるドアは、この日に限って施錠されていなかったのだ。それが保利の決意を固くさせた。

集会室の窓から飛び降りようと思ったのだが、真下は校舎裏のあの猫の死骸があったと美青が言っていた陰鬱な場所だ。

あそこで倒れている自分を想像するのも嫌だった。それにあそこは枯れ葉がたくさん放置されていて、クッションになる可能性があった。

保利はしばらく考えた後に、窓枠をつたって、隣の新館の屋根に移動することにした。

校庭で遊ぶ生徒は一人もいない。

新館の屋根に飛び移った時に、かかとを踏んで履いていたスニーカーが脱げて、地上に落ちてしまった。

新館の屋根は、丈夫な金属でできた波板だった。

三階建ての屋根だから、実質的には四階の床から飛び降りることになる。下はコンクリートの通路になっている。

確実に死ねるのか、保利にはわからなかった。

屋根の縁まで進み出て、遠くに目をやった。

不思議と恐怖はあまり感じなかった。

集会室のベランダから「保利先生」と呼びかけられた。

保利は神崎と品川だな、と思ったが、確認はしなかった。

目の前には大きな湖がある。陽光の加減のせいなのか、いつもより青く見えた。

屋根板の縁に足をかけた。板が焼けていて熱い。

さよなら……。

どこかから、楽器のような音が聞こえてきた。それはまるで巨大な生き物のアクビのような、のどかな音だった。

あれはトロンボーンだ、と保利は気づいた。姉が吹奏楽部で、時折庭で練習していたのを思い出した。

もう一度トロンボーンが鳴った。不安定な音で揺れている。ヘタクソだったころの姉にそっくりの音だ。

続けて、やはり管楽器が鳴った。こちらも大型の管楽器だ。なんだったか……。

こちらは安定した音だ。

だがどちらも曲を吹いているわけではない。

ただ思いきり、息を吹き込んでいるだけなのだ。

子供たちが音楽室にもぐり込んでいたずらをしているのだろうか。

トロンボーンともう一つの管楽器は、曲を奏でないのに、いつまでも吹き続けられる。

やがて、その音が象の鳴き声のように聞こえてきた。

保利は、初夏の風に吹かれながら、その音に聞き入っていた。


保利は飛び降りなかった。

屋根にあった点検用のハシゴで、新館の三階に下りると、そのまま昇降口から学校を抜け出した。

神崎と品川が、何度も保利の名を呼んでいたようだが、保利はまっすぐに家に駆け戻った。

正田から、留守番電話に何度か安否を確認するメッセージが残されていた。それによれば湊の怪我はかすり傷程度だったそうだ。

保利は折り返したりせずに無視した。

すると翌日には、正田からの電話は入らなくなった。


教師を辞めたことを、母親には話せないまま、保利は早朝から部屋を片づけていた。引っ越しのためだ。

いずれ家賃を払うのは、難しくなると予想された。新たな就職口を探していたが、塾講師などの〝教育関係〟は〝事件〟が報道されてしまっているので難しそうだった。しばらく無収入が予想されるので、やはり実家に戻るしかない、とは思っていたものの、まだ母親には、戻りたい、という話もしていない。

そんな状態なのに引っ越しの準備を進めているのは、暇だからだ。今朝もまだ暗いうちに目が覚めてしまった。台風の影響ではない。昨夜、早く寝すぎたからだ。

朝から晩まで、なにもすることがない。だから早く寝てしまう。

そして早朝から、膨大な量の本を分別して整理することにしたのだ。強い雨風で出かけることもできない。

もう、死のうとは思っていなかった。今思い返しても、学校の屋上で死を決意したことは、まるで夢の中の出来事のようだ。

保利は、整理の手を止めて、窓から外を見やった。街灯に照らされて湖の水面が波立っているのが見える。テレビでは昨晩から今日にかけて、大型の台風が直撃する、と騒いでいる。

台風が本州に上陸しているのだろう。雨風は依然強いままだ。

学校の夏休みに合わせて、帰省したふりをして、そのまま居座る、という案も保利は頭の片隅で考えていた。

それにしても本の量が多い。これをすべて実家に送ったら母親に叱られるだろう。だが捨ててしまうことは、絶対にできない。

ふとリビングの中央にある水槽に目がとまった。

金魚をどうしよう、と保利はしばらく思案した。

水路に流してしまおうか、と思ったが、雨の中を歩いていくのは億劫だし、放流をとがめる人がいるかもしれなかった。

転覆病で逆さまになっていた琉金は、自然に治っていた。保利は転覆したままだが。

金魚をこのままにはできない。遅かれ早かれ〝帰省〟するのだ。

保利はキッチンからボウルを持ってきた。

水槽の水をすくって、ボウルを満たすと、網で金魚をすべて、ボウルに移した。

トイレに流してしまおうと思ったのだ。

だが、トイレの前まで来て、社会の授業で教えた下水道の仕組みを思い出してしまった。

下水道に流された生き物は、途中にいくつもある〝網〟に引っかかって、〝ごみ〟として処分される。網に引っかからなかったとしても下水道には工場の廃水なども流れ込むために、生き物が生きられる環境ではない……。

保利は水槽に、金魚たちを戻すことにした。蓄電式のエアポンプがあれば、実家まで運ぶことも可能だろう。

ボウルを手にしたまま、保利は段差につまずいて転んでしまった。幸い、ボウルから水がこぼれただけで、金魚が床に落ちたりはしなかった。

ただ飛び散った水が、床に置いてあった書類にかかってしまった。

雑巾であわてて水を拭おうとしたが、取り上げた書類の下に、作文用紙があった。五年二組の生徒たちが書いた作文だった。

持ち帰って添削しようと思っていたのだが、手をつけている余裕がなく、そのままになってしまっていたのだ。学校に戻さなくてはならない。郵送するべきか……。

一番上にあったのは、星川依里の作文だった。

テーマは〝将来〟だが、依里の作文のタイトルは〝品種改良〟とある。

保利は、その作文を手にして、机に向かった。

赤ペンを手にして、デスクライトを灯した。

〝むくげは暑い夏に花を咲かせます〟と依里の作文は、はじまっていた。

植物の品種改良についてだとしたら、これはユニークだ。〝将来〟にどうつながっていくのだろう。

保利は文学的な興味で作文を読んでいく。

だが、文章はまとまりがなく、四方八方に脱線している。依里は国語の成績が良かった。朗読だけは苦手だが、作文では文才を感じさせた。なのにこの文章はどうしたのだろう。

保利は赤ペンで文字を直していく。依里は時に鏡文字を書くことがあるのだ。提出物を見ても、必ず一つ、二つ鏡文字がある。鏡文字を書くこと自体はそれほど珍しいことではないが、小学校の高学年になっても鏡文字を書く生徒は珍しい。

ふと依里の父親の高圧的な言動が思い出された。

〝み〟と〝な〟そして〝と〟が鏡文字になっていた。

赤ペンで修正していた保利の手が止まった。

鏡文字になっていたのは、三つとも、各行の最初の文字だった。

赤ペンで修正した文字が〝みなと〟になったのだ。

それは偶然ではなかった。作文の各行の一文字目を右から左に横に読むと〝むぎのみなと〟になった。麦野湊のことだろうか。

さらに、それに続けて、一文字目を横に読むと〝ほしかわより〟になっている。

これは偶然ではない。〝横読み〟だ。縦書きで普通の文章を書き、その一文字目だけを横読みすると、そこに隠されたメッセージが浮かび上がる。昔から和歌などでも、この遊びがあった。

これはなんだ？

保利は、濡れてしまった書類の山に取って返した。その中から、湊の作文を取り出す。

やはり……。

作文を目にして、保利は衝撃で目を見開いた。

別の視点で、湊と依里のこれまでの言動を思い返してみる。

星川依里をいじめていたのは、麦野湊ではない？　だとしたら、考えられるのは蒲田大翔たちのグループだろうか。

そうだとすれば……。

麦野湊と星川依里は、なぜあんな嘘をついたのか。なにを守ろうとしていたのか……。

やがて保利は一つの結論にぶち当たった。

居ても立ってもいられなかった。

保利は依里と湊の作文を、ジャンパーのポケットに押し込むと、それを羽織って、部屋を飛び出した。


早朝であるだけでなく、台風の接近もあって、町中には人の姿がなかった。

誰もいない住宅街の道を、保利が全力で駆けていく。

傘はもちろん、レインコートの類も身につけていない。

全身ずぶ濡れになりながら、向かっているのは麦野湊の家だった。

どうしても伝えなくてはならないことがあった。

麦野湊の家の前で、保利は激しくなる風雨に抗うように、できる限りの声で呼びかけた。

「麦野！」

時刻は朝の六時だ。常軌を逸しているのは承知していた。しかし、麦野湊に直接声をかけたかったのだ。

麦野が出てきてくれたら、なんと言えばいいのか……。保利の中でまだなにも固まっていなかった。

「麦野。ごめんな。先生、間違ってた」

だが家の中で反応はない。それでもかまわずに保利は叫び続けた。

「麦野は間違ってないよ。なんにもおかしくないんだよ」

玄関ドアが開いた。

湊ではなかった。母親の早織だ。

保利は早織に駆け寄って、深く頭を下げた。これまで何度も謝罪した時よりも深く、深く。

「お願いします！　麦野くんに会わせてください！」

早織はなぜか、おろおろしていた。挙動不審なのだ。

「湊が……」

「麦野くんに会いたいんです。会わせてください」

早織はやはり放心しているようで、保利を見ずにつぶやいた。

「湊がいないの」

「え？　いつからです？」

「わからない。昨日の夜はいたのに、朝起きたらいないの」

保利は落ち着こうと深呼吸した。湊は危機的状況にあるのではないか……。

保利は運転免許を持っていなかった。

動転している早織に運転させるのは危うかったが、早織の言う場所まで徒歩で行くのは難しかった。

保利は麦野湊が、行きそうな場所に心当たりはないか、と早織に尋ねたのだ。

だが虚脱してしまっている早織は、ぼんやりとした表情で首を横に振った。

湊の精神状態を予想してみる。保利は早織に告げた。

「こんな雨でも、隠れられそうな場所、人目につかない場所……」

すると、突然、早織の目が見開かれた。

「廃線のトンネル」

それは町の外れにある鉄道跡地のことだった。

保利は早織を促して、早織の車に乗り込んだ。

焦って車を出そうとする早織に、保利は湊の作文を見せた。

湊の作文も、依里の作文と同じく〝横読み〟があった。一文字目を横に読むと〝ほしかわより〟〝むぎのみなと〟とあったのだ。

だが早織は黙って首を振るばかりだ。その意味を考えている余裕がないように見えた。

早織は車を発進させた。

思いの外、その運転はしっかりしていた。

ただ、雨のしぶきで前が見えないほどの激しい降りだ。

「小さいころから、目を覚ますといつも泣いてるんだよ」

早織はいきなり独り言のように語りだした。

「はい」

「好きな人がいなくなる夢を見て、いつも泣いてるんだよ」

早織は保利に語っているわけではなかった。

「優しい子なの……」

保利が早織に「止めてください」と告げた。

鉄道跡地の入り口に、工事車両が多数停まっていて、消防団員が大きく手を振っている。通行止めのようだ。

早織はブレーキをかけて急停止した。

消防団員が、近づいてきた。早織が窓を開ける。

保利が消防団員に尋ねた。

「子供を見ませんでしたか？　男の子を」

四〇代半ばほどに見える消防団員は、大きく手を振った。

「男の子？　いない、いない。避難命令が出てるんだよ、山で土砂崩れがあって」

「土砂崩れ？」と保利が確認する。

「この先の鉄道跡地だよ。いいからバックして、バック、バック」

「やっぱり、あのトンネルだ」

そう言った早織の顔から血の気が失せていた。

早織はシートベルトを外して、車外に飛び出した。

あわてて保利も追う。

雨も風もさらにひどくなっていた。

早織は〝通行止め〟と書かれた看板の脇を抜けていく。

「ダメだ。山、行ったら死んじゃうぞ」

消防団員の声が背後からかすかに保利の耳に届いたが、かまわず走り続けた。

死ぬ？　ひょっとして湊は死ぬ気なのか。


風が強まっていて、まっすぐに歩くのも困難だった。

だが早織は転びそうになりながらも、先を行っている。

やがて真っ暗なトンネルが見えてきた。

早織と保利はトンネルに入った。

急に雨風の音が遠のいて、空白地帯にいるような気がした。
「この奥ですか？」
保利が問いかけた。早織は小さくうなずいて、進んでいく。
トンネルの下を流れる水路には川のような流れがあった。激しい流れだ。
「湊！」
早織が呼びかけるが、返事はない。
長いトンネルではないようで、反対側から光が射《さ》し込んでいる。
そこに人の姿は見えない。
だが保利も声を振り絞った。
「麦野！　星川もいるのか？」
やはり返事はない。
早織は足下の水の流れに足をとられて、転んだ。
すぐに保利が助け起こす。
トンネルから保利と早織は出た。一気に雨と風が襲いかかってくる。
消防団員の言っていた通りだった。
土砂崩れがあったようで、トンネルの出口の前に土砂が山積みになっていた。
そして、山の上からなのか、濁った水が濁流のように流れ落ちている。

「崩れてる！　湊！」

早織が絶叫して、土砂の山によじ登っていこうとしている。

保利は早織を止めようとした。さらに土砂が崩れたら、命の危険がある。

だが崩れた土砂の山の下に、なにかがあるのが見えた。

電車の車輪のようだった。崩れてきた大量の土砂が車両を横倒しにしたのだろう。倒れた車両が土砂に覆われている。

「電車！　電車だ！」

保利は、早織を追い抜いて、土砂の山を這《は》い上っていく。

「湊！」と早織がまた叫んだ。雨と風の音がひどくて、湊たちが声をあげたとしても、聞き取れないだろう。

「生まれ変わるって、なに？」

先に土砂の山の上まで上がった保利が、手を伸ばして早織を引き上げる。

早織が震える声でつぶやいている。

「え？」と聞き返したが、早織は独り言のように「生まれ変わるって、なに？」と繰り返している。

保利は知らなかったが、それは湊が何度も口にした言葉だった。〝生まれ変わる〟。

それは現世の肉体が滅び、来世で別の肉体に生まれ変わること。〝輪廻転生〟だ。

「湊！」

早織の泣き叫ぶ声が風に吹き飛ばされていく。

保利はさらに土砂を上った。

「窓だ！」

保利の大声に早織が、ようやく視線を向けた。

保利と早織は電車の窓の上にある枝や土砂を、二人でかき出していく。

だが次々と土砂が押し寄せて、電車の中がなかなか見えない。

保利と早織は、ひたすら湊と依里の名を呼び続ける。

保利が窓枠に手をかけて、ようやく少しだけ押し開くことができた。

「湊！」

早織が窓の隙間から車内にもぐろうとしたが、動きを止めた。

車内には誰もいない。

「星川！　麦野！」

それでも保利は呼びかけた。

早織は車内に目を凝らしている。

車内には色鮮やかなポンチョがあったのだ。早織の様子を見るに、それは湊の防水仕様のポンチョなのだろう。

何度確認しても、車内には人の姿はない。
轟々《ごうごう》と流れる水の音がするばかりだ。

III

七日間認められている忌引期間が終わった。

孫の葬儀が終わったのだ。

伏見は、拘置所に夫を訪れていた。

伏見の夫は、自宅の駐車場で実の孫を車で轢いて死に至らしめた容疑で逮捕された。そして今は、留置場での警察の取り調べを終えて、検察に送致され、拘置所に収監されているのだ。

過失致死罪で起訴される可能性が高い、と弁護士には言われていたが、同時に、あくまでも過失であり、裁判で禁固刑が言い渡されても、執行猶予が付いて、すぐに釈放されるだろう、という見立ても付け加えられた。

公立小学校の教師は地方公務員であるために、逮捕後、起訴されて有罪となり、禁固刑以上の刑に処されると、自動的に失職するという公務員法に縛られている。

伏見の夫も地方公務員だった。水道局をすでに定年退職していたために事故当時は無職だった。


伏見は黒のジャンパーを腕にかけて、拘置所の薄暗い廊下を進んでいく。指定された接見室に向かっているのだ。

接見室の扉を押し開く。アクリル版の向こうには伏見の夫が座っていた。

穏やかな笑顔を浮かべている。

その向かいに座って伏見は、しばらく黙っていたが、唐突に亡くなった孫の思い出話をはじめた。

「スーパー行ってね、好きなもの買いなさいって言ってるのに、好きなお菓子を買うと、お菓子泥棒が出るから嫌なのって」

伏見はバッグから取り出した折り紙で、なにかを折りはじめる。

「お菓子泥棒？」

「いるんだって。目を離すと、お菓子持って逃げちゃうんだよって」

伏見の夫は小さく声を立てて笑った。

「なるほどね」

夫の言葉に伏見の顔から笑みが消えた。

「なんでも〝なるほどね〟って」

指摘されて夫は無表情になった。

伏見は折り紙に目を落としたまま、続ける。

「昨夜、思い出したの。明日から学校戻るから、今のうちに、このこと教えておかなきゃって思って」

夫は返事をしない。伏見の折り紙を折る手元を見つめている。

折り紙は船だった。

夫が問いかけた。

「お墓は、どうするって」

「別で用意するって」

伏見家の先祖代々の墓が、市内にあった。そこに孫を埋葬することに、息子の嫁とその家族が強く反発したのだ。

これから息子夫婦が新しく墓を用意するために、息子の家にはまだ、孫娘のお骨が置かれたままだ。

「うん」と夫はうなずいた。

「それがいいと思ったけど……」

伏見の顔に影が差している。別の墓に孫娘のお骨を納めたい、と息子が言いだした時、伏見はなにも言わなかった。ただ表情もなくうなずいただけだった。孫と一緒の墓に入りたいという思いがあったが、口にできなかった。

夫は伏見の表情を見やりながら、笑いだした。

「お菓子泥棒か。いや、面白いこと言うね」

すると、伏見が顔を上げた。

「ね？」と伏見は微笑《ほほえ》んだ。

夫の面会を終えて、いったん帰宅したものの、伏見は家を出て町をさまよっていた。辺りはすっかり日が暮れて人通りも少ない。

伏見は巨大な水路の前で立ち止まって、その流れを見つめていた。

水路には奔流があった。山々から流れ落ちて、湖に注ぎ込んだ豊富な水を、下流に排出するための水路だ。深く広い水路の流れは、その音も相まって、人間に怯えを与えるほどの〝力〟を感じさせた。まして夜の奔流は黒々として、凶悪にさえ見える。

伏見はその流れを見ている。まるで魅入られたかのように、見つめ続けていた。

雑居ビルでの火災があって、町中を消防車が走り回り、半鐘やサイレンが響きわたっているが、伏見はまったく気づいていないようだった。

憑かれたように黒い水に見入っていた伏見は、バッグからタバコを取り出して、ライターで火をつけて、思いきり深く煙を吸い込んだ。

学校ではタバコは一切吸わない。一日に二、三本だけなのだが、やめられない。

伏見は消防車のサイレンには、気づいていなかったが、奇妙な抑揚の風切り音を耳にした。

振り返ると、男児がなにかを振り回しながら、歩いている。

男児が振り回しているのは、〝うなり笛〟だった。

男児は伏見には気づかずに、歩き去っていく。

だが、その時、コトリと音がした。

男児がなにかを落としたのだ。

「あ、これ」と伏見が拾いあげて、男児に呼びかけた。

男児は走って戻ってきた。

男児は星川依里だった。楽しそうに笑っている。

伏見が拾いあげたのは、ロングノズルのライターだ。

依里は笑顔のまま「ありがとう」と言って、ライターを手にして、うなり笛を回しながら去っていく。

伏見は依里の後ろ姿を見送っていた。その顔に見覚えがあったが、それが自分の小学校の生徒であるかどうかは、判然としなかったのだ。

すぐ後ろの道路を通りすぎた消防車のサイレンの音に驚いて、伏見は消防車を見送った。

火事、ライター……。

伏見はもう一度、依里の後ろ姿に目を向けた。

依里は楽しそうに跳ねながら、うなり笛を回して、その音とともに、夜の闇の彼方《かなた》に去っていく。

麦野湊は、騒々しいサイレンと半鐘の音でベッドの上で目覚めた。就寝していたわけではない。夕食後に、ベッドで横になって動画配信を眺めていて、そのまま眠ってしまったのだ。

また悲しい夢を見たという覚えがあった。目の周りに触れると涙で指が濡れた。だが、どんな夢だったのか覚えていない。悲しくて寂しいような気持ちだけが残っている。

湊はそんな夢を時々見た。母親には「病院に行こう」と言われたこともあったが、悲しい気分になって涙が出るのは自然なことだ、と断った。

母親は納得していないようだったが、それ以上、しつこく言ってくることはなかった。

携帯がうるさかった。同じクラスの大翔にライブ配信をするから見てくれ、と言われて見ていたが、そこで繰り広げられる悪ふざけが、あまりにつまらなくて寝入ってしまったのだ。

もともと見たくはなかったのだが、見ていないと大翔が不機嫌になって、色々と不愉快なことを言ってくるので面倒なのだ。

携帯に目をやると、なんと大翔と岳、悠生は、消防車を追いかけている。消防車に乗っている消防団員に「危ないからやめなさい」と叱られているが、「大丈夫」などと言って、なおも追い続ける。

それも決して面白い映像ではなかった。

もう一度寝ようか、と思っていると、大翔の声がした。

「〝星川依里だ〟」

湊は携帯を手にして映像を見た。

駅前の歩道橋のようだ。

悠生と岳が「やめてくださ～い」と口々に言って大笑いしている。

依里のモノマネをしているのだ。大翔もガハハと笑っていた。

依里は大翔と岳、悠生のグループに、なにかとからかわれている。そんな時、依里は「やめてください」と抗議するのだ。だが決して声を荒らげたり、怒ったりもしない。ただ悲しげにしているだけだ。

岳と悠生と湊は一年生から一緒のクラスだったが、五年生ではじめて一緒のクラスになった大翔が彼らのグループに入ってからは、岳と悠生とは距離を取っていた。

依里をからかう時に、必ず湊にも加わるように大翔が誘うのだ。

それが嫌だった。

「〝お前メッチャ似てるわ〟」と大翔が岳のモノマネをほめている。

「全然、似てない」

そう携帯の画面に向けて、湊はボソリとつぶやいた。

「〝保利セン、女といる〟」と悠生の声がした。

歩道橋の上に広奈と立っている保利の姿が映しだされている。

「〝ガールズバーの女だよ〟」と悠生の声だ。

「〝お持ち帰り〟」と大翔も笑っている。

これが城北小学校の一部の保護者や教師に広がった保利の〝いかがわしいお店通い〟の噂の出所だった。

湊は興味を失って、携帯を机に置くと、立ち上がってペットボトルの水を飲もうとしたが、空だった。

階下に下りたが、母親の姿がない。風呂に入っているようだった。

冷蔵庫で飲み物を探したが、見当たらない。仕方なく冷凍庫からパピコを取り出して二階の自室に戻った。

すると、階下から母親が「湊」と呼んでいる声がした。

母親が階段を上がってくる足音が続く。

火事見物だろう、と湊は二つに割ったばかりのパピコの一つをくわえて、もう一つをポケットに隠して、部屋を出た。

土手沿いの桜並木は、観光名所になるほどの美しさだったが、花びらが散ってしまって、葉桜になりつつある。

寒冷地であるため、東京よりも一カ月ほど遅い開花なのだ。

卒業式と入学式には間に合わず、ゴールデンウィーク前には散ってしまう桜だった。

湊は散り落ちた花びらが、絨毯《じゅうたん》のように広がる土手の道を歩いて学校に向かっていた。

昨夜は火事のせいで……というより夕食後に寝てしまったせいで、一二時を過ぎるまで寝つけなかった。

だから朝から少し眠かった。

土手の真ん中にしゃがんで、花びらを拾っている依里の後ろ姿が前方にあった。

湊は歩く速度を緩めた。依里は五年生になってはじめて一緒のクラスになった男子だ。

まだそれほど仲良くなったわけではなかったが、依里は人懐こい性格らしく、湊に不思議な話をいきなりしたりしてきた。決して嫌な気分ではなかったが、大翔が依里をいじめのターゲットにしようとしているのがわかっていたから、あまり依里に近づかないようにしていた。

しゃがんだままでいるなら、追い抜いてしまおうか、と思ったが、依里は拾い集めた桜の花びらをまきながら、歩きだした。

湊は、依里と距離を取ってゆっくりと歩いた。


城北小学校の校門から、昇降口までの坂は急だった。

そこに差しかかると、前を歩く依里が急に立ち止まって、振り向いた。

距離を取って後を歩いていた湊は少し驚いたが、依里に向かって歩きだした。

「おはようございます」

わざとかしこまって依里が挨拶する。

「おはよう」と湊は普通に返した。

「昨日、何時に寝た？」

依里の質問に湊は答えようとしたが、依里の首に赤いアザのようなものがあるのが見えた。四月も終わりかけていて、時に暑いと感じる日があるのに、ネックウォーマーを着けていることが多い。それはアザを隠すためだったのか、と湊は思いながら質問に答えた。

「一二時」

自分としては遅い方だったので、子供っぽくなくていいな、と思ったのだが、依里がにっこり笑った。

「二時」

依里は少し自慢げだった。たしかに普通じゃない時間だ。

「二時？　なにしてたの？」

驚く湊が面白いようで、依里はますます笑顔になった。

「麦野くん、寝るの、もったいないって思うことない？」

依里がまた不思議なことを言いだした。たしかに面白いコミックを読んでいる時や、工作に熱中している時は、眠くはならない。だけど〝もったいない〟と思ったことはなかった。

答えようとした瞬間に、背後から飛び込んできた影が、「ドーン」と言いながら依里の背中に体当たりした。依里はたまらずに、その場に転んでしまった。

体当たりしたのは大翔だった。大翔はクラスで一番背が高くて、体つきもがっちりしている。一方の依里は、男子の中で一番背が低い。

「なんで、宇宙人としゃべってるんですか？」

そう言って大翔は、湊の肩に手を回してきた。大翔はいつも依里を〝宇宙人〟と茶化すのだ。少なくとも大翔に加担することはしたくなかった。だから湊は返事をしない。

しかし、転んでしまった依里を助け起こすことも、湊にはできなかった。

大翔は転んだまま立ち上がれない依里に「どっきりだよ。びっくりした？」と笑いながら尋ねた。

依里は、さすがにその顔から笑みがなくなっていたが、黙って首を振った。〝びっくり〟などしていない、と拒絶したのだ。

すると遅れてやってきた岳と悠生がはやしたてた。

「ノリ悪ッ！　ノリ悪星人」

どっきりと称して依里に暴力ギリギリの嫌がらせをしてからかう。だが依里が反応しないと、ノリが悪いとはやしたてるのだ。いつものパターンだった。湊にはなにが面白いのか、さっぱりわからなかった。

だが肩にある大翔の腕を振り払うこともできずに、一緒に昇降口に行くしかなかった。

一度振り返ると、保利が転んだ依里を心配して、声をかけている姿が見えた。

それで湊は少しだけ罪悪感が薄らいだ。

一時間目は国語の授業だった。自分が五年生だった時に書いた作文を、保利が最初に読み上げた。

保利は絶対の自信があったようだが、作文を読み終えても教室は静まり返っていた。

保利は渋い顔をして黒板に大きく〝将来〟と書いた。宿題となる作文のテーマだった。

「これ先生が五年生の時に書いた作文なんだけどね。西田ひかるさんって、みんな知らない？」

保利が尋ねると、誰かが「それ、どちら様？」と逆に質問した。

「え〜」と保利は明らかに落胆する。

湊は背が高いこともあって一番後ろの席だった。依里は前から三番目に座っている。

依里は授業を聞いていないことが多い。窓際の席でもないのに、一人で窓の外に広がる景色を眺めているのだ。その顔は、いつも楽しげに湊には見えた。


放課後は、クラス全員で、月に一度の教室の床のワックスがけをする日だった。

教室の机や椅子をすべて廊下に出すと、教室がいつもより大きく広く見える。

まず掃き掃除をして、床を綺麗にしてからワックスがけをする。

ほうきで床を掃いていると、教室に入ってきた保利が湊の頭に手を置いた。

「麦野くん」

急に触れられて湊は身体を震わせた。湊は人に身体を触れられることが苦手だった。湊の様子に気づきもせずに、保利は自身のデスクの上に置かれていたタンバリンが入った箱を持ち上げて、湊に手渡した。

「麦野くんは音楽係だったよな」

箱を持たされると、ずしりと重かった。運動会の準備で使ったのだ。デスクの上にはもう一箱ある。とても二つ持って音楽室まで運ぶことはできそうもない。

保利は教室を見回して「木田さんも音楽係だったよね。一緒に行ってあげて」と指名した。

すると美青は、モップでワックスがけをしていた、教室の隅にいる依里を指さした。

「星川くんも音楽係です」

保利はデスクの上の箱を持ち上げた。

「あ、じゃ、星川、これ」

依里は笑顔で「はい」と答えて箱を受け取った。

廊下に積み上げられた机と椅子の山の間を、湊と依里が箱を手にして歩いていく。

依里はいつも通りに楽しげだ。なにやら鼻唄を歌いながら、踊るようにして歩いていく。

音楽室の奥に準備室があって、そこに楽器を保管することになっている。湊と依里が話をするきっかけになったのは、二人が音楽係だったからだ。二週間前に、やはり楽器の片づけのために準備室を二人で訪れた。その時に依里が色々と話してくれたのだ。依里の話は少々不思議だが、突飛で面白かった。ついつい長居してしまった。

音楽室も、準備室も、本館の端にあるので、放課後も休み時間でも、人が立ち寄ることがほとんどない。

準備室にいると、少し気分が解放されたような気分に湊はなった。

棚にタンバリンの箱を置くと、依里はニコニコしながら、湊を見ていた。

なんだ？　と思っていると、ズボンのポケットからなにか取り出した。

食べかけのベビースターラーメンだ。

「内緒ね」と言いながら、湊の手を取って、手のひらにベビースターラーメンを振り出してくれた。

依里も袋から自分の手に山盛りに載せて、ボリボリ食べながら、楽器を見て歩く。

湊は食べていいものか、と逡巡《しゅんじゅん》していた。

その様子を見て、依里が声をかけた。

「直接は触ってないから汚くないよ」

「汚いとか思ってないよ」と湊はつい声が大きくなった。

「僕の病気がうつるかもって思って」

「違うよ。そういうの学校に持ってきてって思ったからだよ」

湊はベビースターラーメンを口に運んだ。しかし、少し床にこぼしてしまった。証拠を残してはならない、と思って湊はしゃがんで散らばったラーメンを拾い集める。

ベビースターラーメンは久しぶりに食べた。おいしい、と思いながら湊は、ふと心配になった。

「なんの病気？」

「教えたよね」と依里は少し不満げに唇を尖らした。

湊は覚えていた。あまりに突飛で不思議な話なので、作り話だと思っていただけだ。

「ほんとにさ、星川くんの脳は豚の脳なの？」

すると依里は、しゃがんでいた湊の耳元に口を近づけて、豚の鳴きまねを器用にして、ニコニコと笑いながら湊の頭に手を載せた。

ラーメンを拾いながら、湊は動けなくなった。

湊の髪は、長めで緩くうねっている。その髪をそっと撫でる。

依里は湊の髪が気に入ったようで、触り続けている。

「今度のクラスでも、友達できないと思ってた」

依里は女子に人気があった。前に、この準備室で話した時、依里は小学校になってから、男子の友達がいない、と言っていた。湊はそれを聞いて「僕が友達になるよ」と伝えたのだ。

「友達は友達だけど……」

湊は言葉の続きを飲み込んでしまった。

音楽室の方でかなり大きな物音がしたのだ。しかも人が歩く音もかすかに聞こえたような気がした。

湊は音楽室への扉を開けて確認した。初夏を思わせる強い陽差しが部屋を満たしているばかりで、誰もいない。

「みんなの前で話しかけないで」と湊は依里に釘を刺した。

だがすぐに湊は後悔した。依里がひどく悲しげな顔をしたのだ。

湊は胸を締めつけられた。

「いいよ。話しかけない」と依里は沈んだ調子で言うと、準備室を出た。

湊はかろうじて依里の背中に「ありがとう」と言ったが、依里は振り向かずに廊下を歩いていってしまった。

湊は学校から帰宅すると、風呂場に向かった。洗面台の鏡の前で自分の髪を見た。

依里に触れられた髪に触れてみる。嫌な気持ちにはならなかった。だが得体の知れない不安がこみ上げてきた。そんな気持ちになるのははじめてだった。

その不安から逃れたくて、湊は洗面台の鏡の脇にある棚からハサミを取り出した。昔、母親が髪を切ってくれた時に使っていたハサミだ。

湊は長い髪を手にとって、ハサミで切りはじめた。

洗面台に切った髪を落としていたが、水を流すと詰まってしまう、と思って、床に落としていく。後で掃除機をかければいい。

髪が短くなった。自分で切ったにしては悪くない。だがシャツの間に切った髪がたくさん入り込んでしまって気持ち悪い。

シャワーを浴びることにした。

シャワーを浴びていると、そこに母親が帰ってきてしまった。

「湊、湊」と呼びながら、風呂場にやってきたようだ。

小さく悲鳴のような声をあげているのは、切った髪を見たからだろう。

母親の悲鳴が大げさで少しおかしかったが、湊の胸から不安は消えなかった。

ゴールデンウィークはどこに出かけるでもなく、湊は過ごしていた。テレビを見ると、どこもかしこも渋滞やら、行列やらで、湊は少しもうらやましくなかったが、ゴールデンウィークが終わると、湊はほっとした。みんなが〝特別〟と思っている期間が終わったことが嬉しかったのだ。

　五年生になってから、湊は昼休みに一人で過ごすことが増えた。給食を終えると、真っ先に教室を出る。教室にいると、大翔たちに「遊ぼう」と誘われるのが嫌だったのだ。

　昼休みの時間は、校舎の裏で一人でぼんやりしていることが多い。校舎の裏には焼却炉があるだけで、生徒たちはほとんど近づかない。

　昼休みがまもなく終わる、と校内放送があった。少しほっとしながら、湊は教室に向かった。

　教室に入った瞬間に湊は嫌な気分になった。

　依里の机を、大翔と悠生が取り囲んでいる。岳は〝見張り〟らしく教室のドアの前で廊下を見ていた。依里の姿は教室にはない。

　依里の机の上にごみが大量に載せてある。紙屑《かみくず》や鉛筆の削りかすが見えた。

　大翔はそのごみの上で、黒板消しを両手に持って、バンバンと叩き合わせている。チョークの粉が舞い散った。

　クラスメイトの黒田莉沙《くろだりさ》が「やめなよ、大翔」と注意するが、大翔は莉沙を見向きもしない。

「お掃除、お掃除ー」と大翔が言いながら、湊を見て笑った。

黒板消しを持って、湊の手に押しつけた。

「はい、麦野も。どっきりだから、やって」

大翔に手渡された黒板消しを受け取った。大翔に背中を押されて依里の机の前に立たされる。

悠生が「やっちゃってください」と湊に勧める。まるでお笑い芸人のようだが、まったく面白くない、と湊は黒板消しを持ったまま、動けなかった。

「麦野」と背後から大翔に促されて、ためらいながらも湊は黒板消しを二回ほど叩いた。

「来た、来た」と見張りの岳が声をあげた。

大翔は湊の手から黒板消しを取り上げて、自分の机の中に隠している。

湊は依里の机の前で立ち尽くしていたが、入り口に顔を向けた。

依里は、女子二人と昼休みを過ごしていたらしく、談笑しながら教室にやってきて、湊と机の上のごみを見比べて、その顔から笑みが消えた。

湊は言い訳したかった。やったのは僕じゃない。少しはやってしまったけど、僕はやらされただけで……。

しかし湊はなにも言えず、ただ自分の席に戻って、次の授業のために理科の教科書を机の上に出しただけだった。

隣の席の美青が、湊を見ている視線に気づいたが、無視した。

依里はごみ箱を机の前に持ってきて、机の上のごみをごみ箱に捨てていく。

莉沙と、女子がもう一人、依里の手伝いをしている。

依里たちは淡々とごみを片づけていく。

すると、大翔が大きな声を出した。

「はあ？　リアクション薄っ！」

大翔は依里が泣き叫んだりすることを期待しているのだろう。しかし、依里の反応が薄いことが大翔をいらつかせている。それによって大翔の嫌がらせはエスカレートしそうだった。

今度は依里ではなく、ごみの片づけを手伝っている莉沙に、大翔の嫌がらせがはじまった。

「星川くんさ。黒田さんのホクロって、黒豆みたいだよね」

往々にしていじめは、被害者を守ろうとするものにも向けられる。大翔にとって莉沙は〝どっきりを邪魔するうるさい嫌な女子〟なのだ。それを排除するために、いじめのターゲットにする。

だが莉沙は強かった。

「はあ？」と強い調子で言って、大翔をにらむ。

岳と悠生が大翔の援護射撃をはじめた。莉沙を指さして「黒豆じゃん！」とはやしたてたのだ。

莉沙はその声を無視して依里に「片づけちゃうね」と言って、ごみ箱を教室の後ろに運んでいく。

大翔はそんな莉沙の顔をにらんでいた。莉沙は徹底的に無視している。

大翔は、すぐに新たな攻撃を思いついたようで、笑顔になった。

「星川く〜ん〝黒田さんの黒豆〜〟って言って」

陰湿ないじめだった。

依里は黙って首を振る。

依里の表情が今まで見たことがないほどに暗い。莉沙を巻き込んでしまったことを悔いているようだ。

大翔はその表情を見て、さらに大きな声を出した。

「なんで？　言って」

依里は大翔に目を向けた。その目には怒りがあった。

「そんなこと、思ってないから言えないよ」

依里の反論に、大翔の顔が歪んだ。顔が真っ赤になっている。かなり腹を立てているようだ。

大翔が立ち上がった。

「なんで女子の味方すんの。おまえ、女子？　宇宙女子？」

男子たちが笑う。

「ええ？　キモ！」と悠生もからかうと、さらに男子が沸いた。

依里の視線が、湊を捉えていた。だが湊は視線を逸らすことしかできなかった。

すると岳が「わたしのくちびる、モッチモチよ～」と唇に人指し指を当てた。

女装タレントのミスカズオのモノマネをしてみせているのだ。人気タレントの持ちネタだけに、女子たちにも笑いが広がった。

これに気をよくした岳は「モッチモチよ～」と依里に唇を突き出して迫った。

いつのまにか、悠生が依里の背後に忍び寄っていた。

さらに大翔が、素早く動いて岳を依里に向かって押した。

「キスしろよ」と大翔が岳に命じている。

悠生は依里をはがい締めにして「キス、キス、キス」と煽《あお》りだした。

岳も大翔に背後から押されて、唇を突き出しながら近づいていく。

依里は顔を背けている。

「キス、キス、キス……」

煽りたてる声が大きくなって、岳と依里の顔が近づいた。

湊は席を立った。ガタリと椅子が大きな音を立てる。

湊は背後にあった金属製の物干しスタンドを蹴り倒した。

破壊的な大きな音が響いて、教室は一気に静まり返った。

まだだ、まだだ、と湊は棚に収納されている生徒たちの体操着袋を、取り出して投げた。袋は教室の前方まで飛んでいって黒板にぶち当たった。廊下にも次々と体操着袋が放り投げられていく。

無茶苦茶に湊は暴れた。暴れ続けた。

そんな湊を、依里は目を見開いて見つめていた。

暴れすぎて湊は、身体が動かなくなりそうだった。

その時、保利が教室に駆けつけた。

湊はもうフラフラになっていた。保利が「麦野くん、なにしてんの」と止めようとしていることに気づかずに、体操着袋を投げようとして、ふらつき、差し出された保利の腕に湊の鼻がぶつかった。

それでようやく湊は動きを止めたのだ。

いじめを止めた代償は鼻血だった。

湊は、それから一日、依里と口を利かなかった。もちろん湊が準備室で「みんなの前で話しかけないで」と言ったからだ。

だが、依里は授業中に後ろの席の女子と話をしていて、ちらりと湊を見るのだ。

その顔にある笑みを見る限り、湊が暴れた理由を、依里だけはわかってくれているのだろう、と思った。


帰りの会が終わって、廊下を出たところで、湊は保利に呼び止められた。鼻の状態を聞かれたのだ。なんともない、と答えてからも、保利は心配して、鼻の状態を確認している。

すると湊と保利の前を、帰り支度した依里が「さようなら」と言って、歩いていく。いつも通りの笑顔が戻っていた。


保利に解放されて、家に向かってしばらく歩いていると、前に依里の姿があった。

湊は依里の家の場所を知らなかった。ただ何度か通学中に依里を見かけたり、声をかけられたりしているので、そんなに遠くはない、と思っていた。

大翔や岳、悠生たちは、まったく逆の方向なので、放課後まで嫌がらせを受けることはなかった。

うなり笛を回して、依里は周囲を見渡しながら歩く。また鼻唄を歌っているのだろうか。とにかく楽しそうで良かった、と湊は思った。

湊は足を早めて、追いつこうか、と思いながらも、少しためらうような気分もあった。

すると、依里がいきなり、道路にしゃがみ込んだ。そればかりか、アスファルトに耳を押しつけている。

その時、湊は依里の異変に気づいた。

依里は靴を履いていないのだ。靴下のままで外を歩いている。

すぐに大翔の姿が浮かんだ。

依里へのいじめが不完全燃焼に終わったことで、大翔はさらなるいじめを実行したようだ。

昇降口の下駄箱にあった依里の靴を隠した……いや、捨てたのだろう。大翔たちは、どこかに隠れて、依里が困るのを見ていたはずだ。

だが、依里は平気な顔で、靴下のまま、すたすた歩いて学校を出てしまった、と湊は想像して少し笑ってしまった。

大翔たちは、がっかりしたことだろう。

近づいてみると、依里はマンホールに耳を当てていた。そればかりか、なにか聞いているかのように「うん、うん」とうなずいている。

湊がさらに近づくと「無理無理、無理、無理だって。出してあげられないよ。そこにいて。ダメだよ」と依里はマンホールに向かって話しかけている。

「なに？　なにか聞こえるの？」

湊が声をかけると依里は顔を上げて「猫」と答えた。

下水道に落ちた猫の救出劇などを、海外のニュースで湊は見た覚えがあった。

湊は依里と並んで、道路に寝そべり、マンホールに耳を当てた。

なにも聞こえない。耳を澄ましても聞こえるのは、かすかな水の流れる音だけだ。

するとうなり笛の音がした。

いつのまにか依里は立ち上がっていて「どっきりだよ」と大翔たちのモノマネをした。

依里の顔を見やると、悪戯《いたずら》小僧のように満面の笑みを浮かべて、湊を見下ろしていた。

湊が立ち上がると、依里が駆けだした。

だがその足に靴がない。

それもなんだかおかしくなって、湊が声を立てて笑いながら走った。すると依里も笑って走る。

足を止めたのは湊だった。

左足のスニーカーを脱いで、足で依里の方に押しやった。

「今日、ごめん」

ほんの少しだったし、依里は見ていなかった、と湊は思っていたが、湊は黒板消しを机の上で叩いたことが、心に重くのしかかっていたのだ。

「今日、ごめん」

依里は湊と同じく鼻の下をこすってから、口調を真似《まね》た。

二人は並んで歩きだした。やはり片方だけだと、歩きづらい。身体が変な具合に揺れてしまって、逆になんだか楽しくなってきた。

依里がいきなり尋ねてくる。

「さけどころうえだ、の自販機でコーラ買ったことある？」

〝酒処上田〟は、古くからある傾きかけたような居酒屋だった。居酒屋が営業しているところを見たことがなかったが、店の前にある自動販売機も古びていて、お金を入れてもジュースを買えるのか、と不安になるような古さだった。

「あるよ」と答えたものの、実は湊は買ったことがない。

依里はまた不思議なことを言いだした。

「あそこのコーラは、三回に一回、あったかいコーラが出るよね」

「嘘だよ」と即座に否定したものの、湊は依里の発想力に舌を巻いていた。

依里は探るような目になって「麦野くんは出たことない？　あったかいコーラ」と笑う。

「あるよ」

湊が付き合うと、依里は嬉しそうに笑って、スニーカーを履いている左足だけで、〝ケンケン〟をはじめた。

湊も付き合って右足で〝ケンケン〟する。

なんだかむしょうに楽しかった。


十字路に差しかかると、依里が「こっち」と左側の道を指さした。

湊は「僕、こっち」と右側を指さす。

やはり依里の家とは、あまり距離が離れていない。

だが湊はこのまま「じゃあね」と別れるのは惜しい気がしていた。

依里も同じ気持ちだったようで「誰も知らないところ、見たくない？」と言いだした。

湊は依里と別れて、家までダッシュした。鍵を開けて、玄関にランドセルを放り投げると、右足だけになってしまったスニーカーの代わりに、前に履いていたスニーカーを履いた。少しきついのだ。だがかまわず玄関を出て、車の隣に停めている自転車に飛び乗って漕ぎだした。

依里の家は、インターフォンが故障しているため、外から声をかけて、と依里に言われていたので「星川く〜ん」と呼びかけた。すると「すぐ行く」と二階の窓から依里が顔を出した。

だが、なかなか出てこない。

暇つぶしに、湊は自転車で、ぐるぐると回っていた。そうしていると、なんだか自分がコマになったような気分になる。

しばらくすると、依里が「お待たせ」と自転車を門から引っ張りだした。

依里は裸足ではなかった。スニーカーを履いているが、かなり大きく見える。湊のスニーカーでもない。父親のものかもしれない、と湊は思った。

町のはずれまで、依里が先導して自転車でやってきた。舗装された道路をそれて、しばらく行くと、未舗装の道に出た。

右には山があって、午後になると、陽が射さず、なんとなく寂しい場所だった。

依里は自転車を停めた。湊も並んで自転車を停める。

車や人が通る道とは思えなかった。道の両側には草が伸び放題になっている。

依里はどんどんと進んでいってしまう。湊は少し恐くなったが、後についていく。

草だらけの道が、途絶えていた。すっかり錆びてしまっている金属製のバリケードのようなものが、行く手を塞いでいるのだ。

だが依里は、転がっているガラクタを慣れた手つきでどかして、バリケードが錆びて破れてしまっているところから入り込んでいく。

古びてほとんど判読できないような看板が転がっていて、そこには〝旧富淵鉄道跡地〟と書いてあった。

今は、立派な鉄橋ができて、電車はそちらを走っているのだ。昔の鉄道は、何度も水害や土砂災害で通行止めになっていて、不便で仕方なかったが、市民の願いがかなって、新たに鉄道用の鉄橋ができたのだという話を、課外授業でお年寄りに教えてもらったことを、湊は思い出した。

依里と湊は、廃線になった錆びた線路に沿って歩いていた。

人も車も入ることはほとんどないようで、辺り一面草だらけだ。獣道のようなものもない。

錆びた線路を頼りに、依里は歩いているようだった。

依里は拾った枝で、花を咲かせている草を指していく。

「サクラソウ、ホタルカズラ……」

「なんで花の名前なんか知ってんの？」

「好きだから」と依里は、教室では聞いたことのないような大きな声で答えた。

さらに大きな声で花の名を口にしていく。

「ヤマブキ、オダマキ、オドリコソウ、クサノオウ」

線路をたどって進んでいくと、トンネルにぶつかった。

トンネルを前に湊は足を止めたが、依里はスタスタと入ってしまう。

「お母さんが、男の子は花の名前なんか知らない方がモテるって」

「花の名前知ってる男は、気持ち悪いって？」

「気持ち悪いとかは言わないよ。親だし」

「そうだよね」

依里の声が沈んだ調子になった。依里は父親と二人で暮らしていると言っていた。依里は父親に「気持ち悪い」と言われているのだろうか。

依里は足を止める気配がない。だが湊は動けなかった。

トンネルの中は真っ暗だったのだ。かなり古くて、光が届いているところにはガラクタが散乱している。それに水路のようなものが下にあって、水の音がした。

目を凝らさないと依里の姿が見えないほどだ。すると暗闇の中から、少しからかうような依里の声がした。

「暗いのを恐がる男は、モテないよ」

そしてうなり笛の音がした。

湊は依里の後を追って恐る恐る、トンネルに入っていく。

中は真っ暗だった。なにかにつまずいて転びそうになった湊は、携帯を取り出して、ライトを点灯させた。

線路の残骸が打ち捨てられて、コンクリートの破片や木片がゴロゴロと転がっている。

だが少し進むと、トンネルが短かったことを湊は知った。

トンネルの向こうから光が届いているのだ。

トンネルの出口にはコンクリートの段差があった。

先に依里がよじ登って、湊が上がる時に手を貸してくれた。

段差を上がると、目の前に電車の車両が一台だけ置かれていた。

かなり古ぼけて錆びついているが、窓ガラスが一枚割れているだけで、朽ちているという感じではなかった。

依里が自慢げに電車を見ている。湊は「おお」と感嘆の声をあげた。

依里が細く開いていた電車のドアを押し開いて、車内に入った。

湊も続いて、車内に入る。

四人がけのボックスシートに金属板の床だ。古めかしいが、案外に、汚れていない。

依里は吊《つ》り革にぶら下がりながら「言う?」と聞いてきた。

「誰にも言わないよ。言ったら、もったいないじゃん」

これは最高の隠れ家になると湊は思った。

湊はボックス席を見ながら、運転席に向かう。

想像よりほこりが溜まっていないのは、依里が頻繁に訪れて掃除でもしているせいなのだろうか、と思っていた。

運転席の前のガラスが曇っていて、前が見えない。

湊は手で強くガラスをこする。すると、窓の外の景色が少し見えた。

「発車します」と依里が電車の操作を真似している。

恐らくは車掌などとの連絡のために使用されたとおぼしき電話の受話器のようなものがあった。湊はそれを耳に押し当てて「もしも～し、そっちは晴れですか?」と問いかけた。

「晴れてます」

依里がとびきりの笑みで答えた。


湊と依里はボックスシートに向かい合って座っていた。依里が持参した品々を使って、湊に〝うなり笛〟の作り方を教えていたのだ。

「うん、そこにテープ貼って。うん、そう」

依里の教えにしたがって作っていく。


湊と依里が、電車から飛び出してきた。

二人はうなり笛をくるくると回しながら、錆びた線路が、若草で覆われた〝道〟をスキップしていく。

作りたての湊のうなり笛も、ヒューヒューとよい音が鳴っている。

二人は廃線となった線路の枕木を踏みながら、歩いていた。

初夏の若草の匂いが、二人を包んでいた。

右手にある崖の上には、木々があって、そこで小鳥たちがさえずっている。

湊は線路の先に、バリケードがあるのを見つけた。

このバリケードは頑丈だった。高さ二メートルほどの鉄製の格子があって、行く手を塞いでいる。

湊と依里はバリケードに手をかけたが、ビクともしない。あまり錆も出ていなくて、最近塗装をしなおしたようだ。

そのバリケードの向こうには鉄橋があった。

錆びた線路が続いている。鉄橋はかなり長く続いているが、途中から鬱蒼《うっそう》とした山の木々の中に飲み込まれていて、どこまで続いているのかは、わからなかった。

鉄橋には、保線のために人が行き来できるように、木の板でできた通路があった。手すりは低いので、歩くとしたらかなり恐い思いをしそうだ、と湊は思ったが、バリケードを越えることができたら、あの通路を歩いてみたい、と思った。

依里の様子を横目で見やると、依里も鉄橋を見つめていた。

きっと依里も歩いてみたいんだな、と思ったが、湊はあえて尋ねなかった。

いつか自然に、そんなことが起きそうな気がしていたからだ。

それは最高に楽しそうだった。ゴールデンウィークなんかより、全然楽しい、と湊は思ってワクワクした気分になっていた。

保利先生は国語が好きなんだな、と湊は授業中に思っていた。

作文の時もそうだったが、国語の時間には、いつもよりテンションが高い。それにウケ狙いの冗談も増える。だが、ことごとくスベっていて、それを逆にみんなが面白がっていた。

保利は国語の教科書の朗読で、依里を指名した。

依里はあまり朗読がうまくなかった。読み間違えることはないのだが、ひどくつっかえながら、読んでいる。

たぶん、緊張してるんだな、と思いながら、依里の後ろ姿を湊は見ていた。

今日もかなり暖かい、というより暑いほどなのに、やはり依里はハイネックのシャツを着ていた。やっぱり首にあるアザを気にしているんだな、と湊は気の毒に思った。

読み終えると依里は、後ろの女子になにか話しかけていた。

だが、湊に視線を向けてきた。嬉しそうに笑っている。

湊はその視線を受け止めることができなかった。うつむいて教科書に目を落とした。

依里の悲しげな顔が湊の頭の中に蘇ったが、考えないようにして教科書の文字を追った。

二人であの線路跡地に行ってから、下校時には、依里が猫と会話する〝どっきり〟をしかけたマンホール付近で、待ち合わせるようになった。

そして、一度帰宅するとまっすぐにあの古びた電車に向かい、その中で過ごすのだ。

ところが、今日は依里が昇降口で待っていた。

「見せたいものがあるんだけど」と言って、依里は校舎裏に湊を連れてきた。

大翔たちに関わらないように、昼休みを校舎裏で一人過ごすことが多かった湊だが、見るべきものがあるようには思えなかった。

焼却炉の脇には、枯れ葉で埋まっている側溝があった。

「ほら、ここだよ」

そう言って依里は側溝の前でしゃがみ込んだ。

そこには猫らしき死骸があった。

湊は正視することも恐ろしかった。

「猫？」と尋ねると、依里は「う～ん」と唸《うな》ってから「猫っていうか、元猫」と依里らしい不思議発言をした。

「死んだら、猫じゃなくなるの？」

依里は大きくうなずいた。

「死んだら、なんでもそうだよ」

依里は自信満々に答える。

湊はなぜか恐怖が薄らぐのを感じていた。依里の隣にしゃがんで、猫の死骸を見た。

嫌な臭いがしたりはしなかったが、大きなアリが猫の顔の上を歩いていった。

するとと依里が心配そうな声を出した。

「このままだと、生まれ変われないかも」

〝生まれ変わる〟という言葉が湊の心に響いた。死んだら天国に行く、と母親が言っていた。そこにお父さんはいるんだ、と。でも、〝生まれ変わって〟、この地球のどこかにいるとしたら……。そんなことができる方法を、依里は知っているのだろうか。


依里は最初から、猫を運ぶつもりだったらしく、黒い厚手のビニール袋と小さなスコップを用意していた。

スコップを使って、ビニール袋に猫の死骸を入れた。

それを手にして依里は線路跡地に向かった。

もちろん湊も同行した。

学校から直接歩いていくと、かなりの距離があった。

途中で依里は「代わって」と、猫の死骸の入ったビニール袋を、湊に渡した。

想像していたよりも、ずっしりと重かった。

線路跡地に到着すると、依里はスコップを使って地面に穴を掘りだした。スコップは一つしかなかったので、湊は枝を拾って、穴掘りを手伝う。

踏みしめられていない地面は柔らかくて、短時間で猫の死骸が収まるほどの穴が掘れた。

依里はビニール袋からそっと猫を出して、穴に寝かせると、土をかけはじめた。

猫の顔が次第に土に埋もれていくのが、湊には気の毒に思えた。

「顔にも土かけるの？」

「死んでるし」と依里は言い捨てて、枯れ葉を集めだした。その枯れ葉を猫の死骸の上に大量にかぶせた。

そしてポケットからロングノズルのライターを取り出して、カチリと点火した。

枯れ葉に着火すると、一気に燃え上がった。顔をあぶられて、恐怖を感じた湊は立ち上がって後ずさりする。

炎が高く上がっている。見渡せば周囲には枯れ葉がたくさん落ちている。

湊は昨年末に起きた、カリフォルニアの大規模な山火事のニュースを思い出した。

ハリウッドスターの豪邸にまで火の手が迫って避難する騒ぎになって、かなり大きく報道されていた。その原因が〝たき火〟だった。

「カリフォルニアみたいにならないかな？」

湊の声がかすれる。リアルな恐怖に包まれていた。

依里は火を見つめたままで「消防車は来るかも」とつぶやいた。

依里は燃え上がる炎を見つめている。まるでなにかの儀式でもしているかのように、その表情は真剣そのものだった。

湊は次第に、炎だけではなく、依里のことも恐くなっていた。

水筒を水路に突っ込んだ。だが水量が少なくてなかなか溜まらない。湊は手で底を浚《さら》って小石なども一緒に水筒に詰め込んだ。

駆け戻って、水筒を炎の上で傾けた。水筒を満たしていた水と小石が、炎を鎮めていく。

白い煙がしばらく立ち上っていたが、やがて完全に鎮火した。

すると、やはり沈黙したままだった依里が、ライターでもう一度火をつけようとした。

湊は、依里の手からライターを奪い取った。

そのライターを見ながら、湊は依里に問いかけた。

「星川くんがガールズバー燃やしたの？　ガールズバーにお父さんいたから？」

依里の父親はお酒が大好きで、いつも女の子のいる店で、たくさんお酒を飲んで帰ってくるんだ、と依里が言っていたのを思い出したのだ。

すると依里は立ち上がって、湊を見つめた。依里の目は虚ろに見えた。いつもの笑みもない。

「お酒を飲むのは、健康によくないんだよ」

依里の声にも力がない。

湊はなにも言えなかった。ただ、依里が火をつけたんだ、と確信していた。そして手にしていたライターを、そっとポケットに隠した。

休み時間が終わる間際になって、湊はトイレに向かった。尿意は感じていなかったが、授業中にトイレに行くのが嫌なのだ。

湊が男子トイレに入ろうとすると、大翔と悠生と岳が入れ違いに出てきて、にやにやしているが、教室に戻っていった。

湊は怪訝に思いながらもトイレに入って、ジッパーを下ろそうとすると、背後の個室で音がした。

「誰ですか？　開けてください」と、ドアを中から押し開けようとしているが、ドアの上になにか金属製のモノが引っかけられていて、それが邪魔してドアが開かないのだ。間違いなく大翔たちの仕業だ。個室に閉じ込められているのは、依里だ。声でわかる。

湊が個室に近づくと、その気配を察したようで依里が尋ねてきた。

「麦野くん？」

湊は一言も発していなかった。見えていないのに、わかるわけがなかったが、依里は確信しているようで「麦野くんでしょ。出して」と懇願した。

手を伸ばせば、ドアの開閉を邪魔しているモノを、外すことはできそうだった。依里の身長では背伸びをしても届かないだろう。

手を伸ばそうとしたが、湊はためらった。

もし、湊が依里を救い出して、教室に戻れば、大翔たちがきっとからかってくるはずだ。また「麦野くんと星川くんはラブラブ」などと、はやしたてるだろう。

湊は伸ばしかけていた手を戻して、足音を忍ばせてトイレを出た。

すると、そこに保利がやってきて「お、出たか？」と聞いてきた。

冗談で保利が言っていることはわかったが、湊は返事に困って、そのまま素通りしてしまった。保利なら、依里を助けてくれるだろう、と少しほっとしていた。

だが教室まで戻りかけて、やはり心配になってしまった。

保利が気づかずに、依里が閉じ込められたままでいたら……。

あわてて戻って、トイレをのぞくと、やはり保利は、依里のいる個室の前に立っていた。

安心して、湊は教室に一人で戻ったのだ。

その日の放課後も、湊と依里は、線路跡地を訪れていた。

二人は電車の屋根に上っていた。

大翔たちの依里へのいじめは確実にエスカレートしていると、湊は思っていた。

大翔たちが隠したのか捨てたのかはわからないが、依里のスニーカーはついに出てこなかった。翌日には父親のぶかぶかのスニーカーで登校していた。だがその翌日には新品のスニーカーを履いてきたから、父親が買ってくれたのだろう。

「誰かに蒲田くんたちのこと、相談してみたら？」

だが依里は「いいよ」と言って、屋根の上を大股で歩いている。

「保利先生に言ったら？　保利先生、いい人だよ」

「男らしくないって言われるだけだよ」

依里はそっけなく答えた。

「嫌？」

すると依里は冗談めかして「豚の脳だからね」と言う。

湊は笑わなかった。

依里の父親の話は、いくつか聞いていた。〝男らしくないのは、人間の脳じゃなくて豚の脳が入ってるからだ〟と言われたことや、母親が家を出てしまったきっかけは

〝お父さんが集めていた外国の切手に牛乳をこぼしたからだ〟なんてことまで。

その時から湊は思っていたのだ。豚の脳が頭に入っていたら、それは人間じゃない、と。〝男らしさ〟とはぜんぜん関係ない。

「豚の脳じゃないよ。星川くんのお父さん、間違ってるよ」

湊の口調が激しいことに、依里はちょっと驚いたようだが、すぐに微笑を浮かべた。

「パパ、優しいよ。絶対、病気治してやるって。治ったら、お母さん帰ってくるって」

でも湊は諦められなかった。

「病気じゃないと思うんだけどな」

依里は首を振って、大人びた笑みを見せた。

「ま、親だしさ、気を遣うじゃん」

「それは、うちも気は遣うけど」

湊と依里は、視線を交わしたが、依里が照れ笑いを浮かべて、話題を変えた。

「お父さん、死んだんでしょ？」

湊はちょっと考える顔になった。父親の死については曖昧に誤魔化すことが多かったけれど、依里には本当のことを伝えたいと思ったのだ。

「本当はね、のぐちみなこさんていう女の人と、温泉行って、事故死したの」

依里は驚いたように見えたが、すぐに「へ～」と言って、屋根の上に座り込んだ。

湊は笑ってしまいながら、母親が教えてくれたのぐちさん情報を告げた。

「のぐちみなこさんはね、ダサいニット着てるんだよ」

依里は、「へ～だいぶ面白いね」と言って、くすくすと笑った。


六月に入ってから、まるで梅雨が明けたような晴天が続いた。湿度が低くてカラリとした天気で、日陰に入ると少し肌寒く感じるほどだった。

湊と依里は、線路跡地の電車で過ごすことが多かったが、下校時に家に帰らずに、ランドセルを背負ったまま、遊ぶことが増えていた。

最後に電車の車内で、依里が教えてくれた〝怪物ゲーム〟をして過ごすことがなによりの楽しみだった。

学校からの帰り道に、神社があった。そこには上るのをためらうような長い階段があった。

湊と依里は、その階段で、〝グリコ〟をしていた。依里の方が三段ほどリードしている状態だ。

もちろんゲームだけをしているわけではない。

またも、依里は湊が知らない言葉を口にした。

「ビッグランチ?」

本当は〝ビッグクランチ〟という言葉なのだが、依里が間違って覚えてしまったようだ。その言葉を知らない湊は、そう記憶してしまった。

「うん。宇宙って膨張し続けてるんだよ。今も風船みたいにどんどん膨らんでいるんだよ」

「へ～」と湊は感心している。不思議なことも言いだすが、依里は色々なことを知っているのだ。

湊が〝グー〟を出して、ジャンケンに勝って、依里に追いついた。

「最終的には、宇宙がいっぱいいっぱいまで膨らんだら、パーンって割れるんだよ」

〝パーン〟と言いながら、依里は両手で爆発を表現した。

その動きに驚いて、湊はバランスを崩しそうになった。すかさず依里が手で支えてくれる。

湊はなんだか照れくさくなって、ジャンケンをした。

またも湊が今度は〝チョキ〟で勝った。


二人は公園に移動した。丘の上にある公園で、目の前に湖を見渡せる。天気のよい週末などは家族連れでにぎわうのだが、平日の午後は、ほとんどひとけがない。

子供たちに人気のある、ロケットを模したジャングルジムも、湊と依里が独占できた。

ジャングルジムを上りながら、湊が依里に尋ねた。〝ビッグランチ〟のことが気になっていたのだ。

「宇宙って壊れるの？」

依里はウンウンとうなずいた。

「時間が戻るんだよ。逆回転して、時計も人間も、電車も猫も、後ろ向きに進んで、牛丼は牛に戻って、うんこはお尻に入る」

「え〜」と湊は顔をしかめた。想像するだけで気分が悪い。

依里はさらに続けた。

「人間は猿になって、恐竜が復活して、また宇宙が出来る前に戻るんだよ」

湊は首をかしげた。

「生まれ変わるんだね？」

「そうだね」

ジャングルジムのてっぺんで、湊は湖を見下ろした。依里も並んで見ている。

湖が普段よりも青く見えた。

湊は独り言のように、ささやいた。

「準備しようか」

依里は何度もうなずいた。

湊と依里は〝準備〟したものを持ち寄って、線路跡地に自転車で向かっていた。二人の自転車の前カゴには、様々な〝工作物〟が溢《あふ》れんばかりに詰め込まれていた。湊はもともと〝工作〟することが好きだったが、昨夜は〝寝るのがもったいない〟と感じて夢中で工作に取り組んでいた。いつか依里が言っていたことがよくわかった。あまりに熱中していて、夜の一二時を回っていることにも気づかなかった。母親が部屋をのぞきに来て、ようやく気づいたのだ。だが、それからまた一時間も工作に熱中した。


足首ほどしかなかった線路跡地の草の丈が、湊たちの背を超えるほどに生長していた。二人が毎日のように通うので、獣道のようになっている一筋の〝道〟があるが、知らない人には決して足を踏み入れたくないと思わせる雰囲気になっていた。

湊は〝獣道〟の脇にある枯れ木に、手作りのプレートをぶら下げた。

それは昨夜、最初に作ったものだ。おもちゃのまな板に、色を塗った。そこに〝いるよ〟と書いた。裏側には〝いないよ〟と書いてある。

湊か依里、どちらかが先に着いたら、このプレートを〝いるよ〟側にひっくり返して、帰る時は〝いないよ〟側にしておく、と湊が説明した。

するとと依里が「忘れちゃったら、ゴメン」とまだつけたばかりなのに謝るので、湊は声を立てて笑ってしまった。


電車の中に、二人は手作りしてきた工作物を飾っていた。

テーマは〝なんとなく宇宙〟だった。湊はプラスチックボールに銀紙を貼り付けて、土星を作った。〝土星の環〟も段ボールを加工してつけてある。昨夜、一番の大作だった。

土星を見た依里は大喜びで、車両の真ん中につり下げてくれた。

窓ガラスにはセロファンを切り抜いたものを貼り付けていく。

車両の中を色を塗った段ボールで覆い、天井には紐を張りめぐらして、そこに作ってきた星などをぶら下げる。

さらに依里は、家にあったクリスマスの電飾を持ってきていた。昔、クリスマス前に玄関を飾っていたという。電池式で点灯させることができた。星がいくつも連なって瞬《またた》いているように見える。

すべてを飾りつけると、湊と依里は並んで、車内を見渡した。

湊が「秘密基地っぽくなったね」と言うと、依里は「っていうか宇宙基地だね」と言って、そっと土星に触れた。

その日は、給食の前に、依里が湊に小声で「パンとピーナッツバターをとっといて」とだけ言って、席に戻った。

いまだに学校では、湊と依里はほとんど口を利かないようにしていた。

それは湊が言いだしたことだったが、依里もその方がいい、と思っているようだった。湊と依里が一緒にいると、必ずや大翔たちが、からかうのだ。

湊と依里は宇宙基地のボックス席に向かい合って座って、給食のパンとピーナッツバターを取り出した。

湊はピーナッツバターを細く押し出して、それを綺麗にまんべんなく食パンに塗り付けていく。塗り終わった一枚目は依里にあげて、自分が食べる二枚目にも塗りはじめる。

依里はパンを頬張って「おいしい」と声をあげた。

宇宙基地で味わう給食は、まるで違う世界の食べ物のように湊には感じられた。

食後には、恒例の〝怪物ゲーム〟をはじめた。

このゲームを作ったのは依里だった。インディアンポーカーというゲームの亜種とでもいうものだった。

様々な生き物の絵と、その名前をカードに書いて、お互いランダムに選んだカードを額に当てて、相手からのヒントを手がかりに自分の額にある生き物を当てるのだ。カードは毎晩、湊と依里がそれぞれ家で手作りしているので、ゲームはほぼ無限に続けられる。

湊は〝ブタ〟、依里は〝カタツムリ〟のカードを額に当てている。

「か〜いぶつ、だ〜れだ？」

湊と依里が声を揃える。これがゲームのはじまりの言葉なのだ。

まず湊からヒントを出した。

「君はね、コンクリートを食べます」

「僕はダンゴ虫ですか？」

「違います」

依里がヒントを出した。

「君は空を見上げることができません」

湊は目を輝かせた。その動物は背中の筋肉が発達しすぎていて、空を見上げることができない、という雑学をどこかで見聞きした覚えがあった。

「僕はぽっちゃりしてますか？」と湊が尋ねた。

依里がヒントを与える。

「わりとぽっちゃり代表ですね」

それで湊の答えは確定した。

「僕は食べられますか？」と依里もほぼわかっているらしく、答えを確定するための質問をしてきた。

「わりと高級品です」と湊が答えると、依里が自信ありげにうなずく。

「せ〜の」と声をかけ合って、「ブタ」「カタツムリ」と二人は同時に正解を口にした。

すぐに二人は新しいカードを手にして、額に当てた。湊は〝ナマケモノ〟で依里は〝マンボウ〟だ。

「か〜いぶつ、だ〜れだ」

依里がヒントを出す。

「君はね、すごい技を持っています。鷹《たか》に襲われた時などに使います」

「蹴りますか？」

「蹴りません」

「毒を出しますか？　噛《か》みますか？」

依里が首を振った。なかなかの難問だ。湊はまったくわからなかった。

するど依里が助け船を出してくれた。

「君は敵に襲われると、体中の力を全部抜いて諦めます」

依里がぐったりと身体を横たえてみせる。湊は吹きだしてしまった。

「それは〝技〟じゃないね」

「痛みを感じないように」と依里は、ナマケモノになりきって目を閉じた。

湊の顔から笑みが一瞬消えたが、すぐに微笑んだ。

「僕は星川依里くんですか？」

依里は答えずに、大人びた苦笑で応じただけだった。


帰りの会で、女子生徒の黒田莉沙が手をあげた。

保利が「なに？　黒田さん」と問いかける。

「あの～、〝将来〟がテーマの作文の宿題っていつ出せばいいんですか？　今日、夏《なつ》川《かわ》さんと、その話してて……」

保利はすぐに〝しまった〟という顔をした。〝西田ひかる〟を誰も知らなかったショックのせいか、宿題の期限を言いそびれていたのだ。もう一カ月以上も経っている。

「ああ、ごめん。じゃ、明日までに提出で……」

しかし、クラス中から不満の声が噴き出した。

「ああ、じゃあ、明後日までで。お願い」

保利が頭を下げて、ようやくクラスが静まった。


湊と依里は電車の中で〝試し撃ち〟をしていた。拾った木の枝が、見事に二股に分かれていたので、それを湊が加工して、パチンコを作ったのだ。電車の中に吊《つる》してあるターゲットを狙って〝試し撃ち〟をしているが、なかなか当たらない。

あまりに当たらないので、飽きてきたらしく、依里が「将来かあ」と独りごちた。

二人がパチンコの標的にしているのは、宿題用の作文用紙だった。

作文の宿題のテーマが〝将来〟だったのだ。


湊と依里は別々のボックス席に座って、作文用紙に向き合っていた。

湊は名前を書いたきりで、タイトルさえも決められなかった。

すると、後ろのボックス席から、依里が鉛筆を使ってなにか書く音が聞こえてきた。

すぐに依里が作文用紙を湊に見せる。

一番上の行だけが埋まっている。

横に読んでみると〝むぎのみなと〟とあり、続けて〝ほしかわより〟となっている。

湊も真似て一番上の行を埋めた。〝ほしかわよりむぎのみなと〟と。

だがこの作文はなかなか難しかった。

とりあえず湊は一行目を〝ほいく園の時〟と書きはじめた。

「保利先生、気づくかな？」

湊は文字を埋めながら、依里に問いかけた。

「気づかないでしょ、保利先生は」と依里も次々と文字を埋めていく。

二人が書き終えたのは、ほぼ同時だった。二人は交換してそれぞれの作文を読んだ。

どちらも文章は切れ切れで、意味不明なところもあった。

だが二人には、とても意味のある作文になった。


その日も、湊は依里と過ごしていた。

廃線となった鉄橋のそばにクルミの木があって、そこにクルミの実が鈴なりになっているのだ。

湊はその青くて丸い実がクルミだとは知らなかった。依里に教えられたのだ。

二人で夢中になってクルミの実をもいでいると、列車の音がした。

見ると、新しい方の大きな鉄橋の上を貨物車が走っていく。

長い連結の貨物車を、湊と依里は見送った。

湊は貨物車が行ってしまうと、廃線となった鉄橋に目をやった。

かつては、この鉄橋を電車が走っていたのだ。

湊は古い鉄橋のバリケードの向こうにある、錆びついた線路を見ていた。

いつのまにか、この鉄橋を渡っていきたい……。

いつか、この鉄橋を渡っていきたい……。

恥ずかしくなって、湊は走りだした。

だがその直後に、丈の高い草の陰にいた依里に激突してしまった。

依里は倒れて、顔をしかめている。

「ごめん。大丈夫？」

「イテテ」

依里は足首を押さえている。くじいているようだ。

湊は謝りながら、肩を貸して、電車まで依里を連れていった。

長椅子に依里を横たわらせて、水路で濡らしてきたタオルを足首に当てて、冷やす。

湊は泣きそうになっている。その表情を見て、依里が明るい声を出した。

「麦野くんのせいじゃないよ。考えごとしてたから」

「なに？」

「なんかさ、転校するみたいなんだよね」

衝撃的な言葉だった。湊は、嘘だと思った。

「どこに？」

「おばあちゃんの家」

湊は返事もできないほど、打ちのめされて動揺していた。

「だからさ、もうあんまり色々心配しなくていいよ」

依里の言葉に、思わず涙が溢れてくる。それを隠すために、顔を背けて悪態をついた。

「へえ、お父さんに捨てられるんだ。ウケる」

するとこれまで聞いたこともないほどに、暗く沈んだ声で依里が答えた。

「そうだね」

湊はあわてて、依里にすがりついた。

「違うよ、わざとだよ。わざと面白く言ったんだよ」

湊の目から涙が溢れた。

依里はうなずいた。

「怒ってないよ」と優しい声で、依里はもう一度うなずく。

湊をなにかが突き動かしていた。これまでに感じたことがないほどの、衝動だった。

湊は泣きながら、依里にしがみついた。まるで溺れている者のように救いを求めていた。

「いなくなったら嫌だよ」

泣き声になった。

湊も依里もお互いの顔が目の前にあった。だが、目を逸らすことができなかった。

まるで吸いよせられるように、二人の顔が近づく。

だが、湊は無理をして、依里から身を引き離そうとした。

すると、今度は依里が身体を寄せてきた。そして、両手を湊の背に回して抱きしめる。

依里の息が湊の首筋にかかった。

「みなと……」

依里のささやきに、湊は頭の中が真っ白になった。

だが、その直後に自分の身体に変化が起きていることに気づいた。

「待って。どいて。どいて……」

湊は依里の身体を手で押しやった。

下半身が硬くなって痛い。湊の顔が歪んだ。

依里は、そんな湊の顔を見つめている。

湊は下半身に目をやった。恐かった。

依里が再び、湊に近づいた。

湊は逃げるように身体を横にずらした。

怯える湊に、依里は静かに首を横に振った。

「大丈夫なんだよ」

湊が恐怖で立ち上がった。

依里も立ち上がり、湊の下半身に目をやってから微笑んだ。

「大丈夫。僕も、たまにそうなる……」

湊はパニックに陥っていた。依里を突き飛ばしてしまった。

依里は床に倒れた。

湊は、依里が心配になったが、すべてから、逃げ出したかった。

電車を飛び降りると、草むらの中を走って、自転車に飛び乗って逃げ出した。

背後で依里の自転車が音を立てて倒れたが、湊は振り返ることもしなかった。


図工の時間が終わった。隣の席の人の顔を絵の具を使って描いていたのだ。

休憩時間になったが、描き終えた生徒は少なかった。先生が教室を去っても、描き続けている。

湊も絵に夢中になっていた。

今日は、依里と一度も会話もしていないし、目も合わせなかった。

湊の視界の隅に、こそこそと動く姿が入った。

大翔だった。両手に絵の具を持っていて、依里の机に足音を忍ばせて近寄っていく。

依里は隣の席の女子に自分の描いた絵を見せて、感想を聞いていた。

大翔はその隙を狙っていたのだろう。たっぷりの絵の具を、依里の机にチューブから絞り出した。

依里が振り返る前に大翔は足早に席に戻っていく。

「ありがとう」と絵を褒めてくれたのであろう女子に依里は告げて、机に向き直った。

茶、緑などの絵の具が、机の上にたっぷりと盛られていた。

依里は悲しそうな顔をして、絵の具用の雑巾で、机の上の絵の具を拭き取った。

するとまたも大翔が依里の前に立った。

「お〜い、そこもっと笑うところだろ」

そう言いながら、大翔は依里の手から絵の具のついた雑巾を奪い取った。

依里が立ち上がって、雑巾を奪い返そうとした。

すると大翔は、雑巾を悠生に投げた。

依里は暗い顔で悠生に向かっていく。

大翔と悠生がキャッチボールのように、雑巾を投げ合っていた。

依里はやがて、大翔と悠生の間で動かなくなった。
大翔のコントロールが狂って、木田美青が雑巾をキャッチした。
美青は黙って、絵を描くふりをしていた湊の頭に雑巾を投げつけた。
湊は雑巾を手にして、美青を見やった。美青はなぜか怒っているように見えた。
大翔たちが「湊、パス、パス」と大声を出している。
すると、依里が湊の席にやってきて、手を差し出した。
湊はためらっていたが、依里に雑巾を渡した。
すぐに大翔が湊の前にやってきた。
「は？　おまえ、星川と仲良しなの？」
湊は黙って首を振った。
大翔はかなり怒っているようで、さらに突っ込んでくる。
「星川のこと好きなの？」
湊は身じろぎもしなかった。昨日の電車での出来事が頭をよぎっていた。
「キモッ！　ラブラブじゃん」と悠生が大騒ぎしている。
「あ、はい、ラーブ、ラブ……」
大翔、悠生、岳たちが、湊を囲んで「ラ～ブ、ラブ」と手を叩いて繰り返した。
湊は顔を真っ赤にして立ち上がった。

大翔が身構えたが、湊が向かったのは依里の席だった。

依里が机を拭いている雑巾を奪おうとしたのだ。だが依里も抵抗する。

二人はもみ合うような形になって、依里がバランスを崩して倒れた。

湊も引っ張られるようにして倒れて、机の角に耳をぶつけてしまった。

依里は仰向けに倒れていた。

湊は依里の上に覆いかぶさった。

昨日の出来事が思い出された。羞恥で顔がさらに真っ赤になった。

湊は逃れようと動く依里の腕を、上から押さえつけた。そうすることで羞恥から逃れられると思ったが、まったくそんな気分にはならなかった。

大翔たちが「オオ～」と声をあげている。もう「ラブラブ」などとは言っていない。

苦しげな顔の依里を見ながら、湊は泣きそうになっていた。だが決して涙を流せなかった。

「麦野、麦野」と保利の声がした。

湊は保利に引き離されて、ほっとしていた。

保健室で、湊と依里は流しを借りて、顔と手の絵の具を洗い流した。

湊の耳の傷は養護教諭が消毒した上で、ガーゼを当ててテープで固定してくれていた。

　小さな傷なので、病院に行く必要はないでしょう、と養護教諭は保利に告げた。

　手と顔を洗い終えた湊と依里は並んで長椅子に座っていたが、お互いに顔を背けている。

　二人の前に保利がしゃがんだ。

「本当は職員室に報告しなきゃいけないんだけどさ、内緒にしとこうか。はい、じゃあ仲直りだ。男らしく握手しよう。ほら」

　依里は一瞬保利を見た。その目にはかすかに軽蔑の色があるのを、湊は見て取った。恐らく湊にしかわからない色だった。〝男らしく〟という言葉に依里は反応したのだ。

　保利が湊と依里の手を取って、握手させた。

　依里は湊の顔を見ながら、微笑しているが、湊は依里の顔をチラリとしか見ることができなかった。

　養護教諭が「じゃあ、体操着に着替えちゃおうか、二人とも」と声をかけた。

　湊は一度帰宅すると、自転車で〝宇宙基地〟である鉄道跡地の電車に向かった。入り口のプレートは〝いるよ〟になっていた。

　湊は電車に向かって全力で走った。

だが電車の中に依里の姿はなかった。プレートを〝いないよ〟にひっくり返すのを忘れたのだろう。

周囲が暗くなっていった。電車の中で湊が送ったラインには、既読がついてない。不安だった。昨日、別れ際に突き飛ばしたこと。そして今日の教室で依里の上にのしかかったこと。

怒っているのだろうか。

胸が苦しい。

電車の座席に座って携帯の画面を見続けていたが、湊は立ち上がった。

電車のドアから身を乗り出して、湊は携帯のライトで、トンネルを照らしてみた。

だが、依里の姿はない。

すっかり車内も暗い。不安が次第に恐怖になってくる。

依里の家を訪れてみようか、と湊が思った時だった。

携帯が振動した。

依里からだった。

依里は来ないと言う。だが怒ってはいないようだった。

湊はありったけの気持ちを込めて、依里にラインを送った。

これは本当のことで、本当の気持ちだった。だが同時に恐怖でもあった。絶対に人にバレてはいけないことだ。それが母親であっても。

すると、依里から返信があった。

泣きそうになっていた湊の顔いっぱいに、笑みが広がる。

もう恐怖も不安も消えていた。ただ依里に会えることが嬉しかった。


湊は待ちきれずに、トンネルまで迎えに来ていた。携帯のライトでトンネルの向こうを照らした。

するとトンネルの奥から、かすかに明かりが見えた。

湊は満面の笑みを浮かべて、ライトを振って近づいていく。

遠くに見える明かりも近づいてきた。

「か～いぶつ、だ～れだ。か～いぶつ、だ～れだ」

だがトンネルの向こうからやってくる明かりは返事をしない。

するといきなり母親の早織が現れた。そして湊を抱きすくめる。

早織の肩ごしに、もう一つのライトが見えた。そしてちらりとその顔が見えた。依里だった。

依里は湊の母親の姿を見たのだろう。悲しそうな顔のまま振り返って、歩き去っていく。

母親が運転する車の助手席で、湊は気が気ではなかった。

依里はどうしているのだろう？　電車に戻っているのか。ひょっとして自転車で、この車を追いかけているのではないか、と後ろを振り返ってみたが、見当たらない。

こんな夜遅くに出かけたら、父親に叱られるんじゃないだろうか……。

ラインをしてみたが、既読がつかない。

母親は沈黙したままだ。

「ごめん」と湊は母親に謝った。

聞こえなかったようで、母親は「うん？　耳、痛い？」と尋ねてきた。

湊は黙って首を振り、しばらく考えていたが、口を開いた。

「僕ね、お父さんみたいにはなれない」

そうはっきりと言ったつもりだったが、母はなにか聞き間違えたようだった。

それればかりか、お父さんのように普通に結婚して家族を持って、という話をしはじめた。

その〝普通〟ができないことを、湊は伝えたかったのだ。だが、それをもう一度告げる勇気がなかった。

その時、依里から着信があった。

自転車で追いかけているのではないか、と再び後方に目を向けたが、いなかった。

ここで電話に出てしまったら、依里のことを母親に知られることになる。

でも電話に出ないと、依里が苦しむ。

どうすればいいのかわからなくて、湊はパニックになっていた。

自然に身体が動いた。湊はシートベルトを外し、ドアノブに手をかけて、ドアを引き開けた。

湊はただ車から降りなければならない、と思ったのだ。

ドアを開けたら、停まってくれる。そうしたら走って逃げて、依里と会う。そう思っていた。だが、湊は走っている車から転げ落ちてしまった。


ＣＴスキャンは本当に恐ろしかった。

湊は頭の中をのぞかれて、すべてがバレてしまうのではないか、と思っていたのだ。

そしてミスカズオのように、みんなに笑われるんじゃないか、とテレビを見るたびに恐かった。


病院から帰った湊は母親から、お父さんに近況報告するように言われた。

仏壇の前に一人で座って、湊は父親につぶやいた。
「なんで生まれたの?」

自動車から落ちた翌日から二日間休んで登校したが、依里は学校を休んでいた。その理由を保利に尋ねたい、と思ったが、湊は聞くことができなかった。依里に特別な興味を持っていると思われるのが恐かったからだ。

家に帰ってからも依里のことが湊の頭を離れなかった。

風邪ということは考えづらかった。トンネルまで来てくれたのに、依里に会うことがかなわなかった。依里は怒っているのだろうか。それとももう〝絶交〟する気なのではないか、と思うと湊は震えた。

何度かラインで連絡を取ろうとしたが、既読がつかない。さらに音声通話をしてみたが、依里は出ない。

依里は次第に学校を休みがちになっていった。登校したとしても遅刻や早退が多い。

依里の顔から笑みが減った。

心配した湊は、学校で声をかけたが、依里はどことなくよそよそしい態度だ。

意を決して〝宇宙基地〟に誘ったが断られてしまった。

湊は苦しくなった。なにをしていても依里のことばかり考えてしまう。なにがいけなかった？　電車で突き飛ばしたことか？　呼び出しておきながら、会わずに母親と帰ってしまったことか？　それとも……。

わからなかった。でもなんとかしてこの苦しさから逃れたい。

そして湊はある決意をした。


依里に会いに行こう。

もう夜の七時を過ぎていたが、「文房具屋に行く」と母親に嘘を言って、湊は自転車に飛び乗った。


依里の家の前で自転車を停めると、湊はインターフォンを押した。

だが返事はない。インターフォンが壊れていることを、ようやく思い出して、ドアをノックした。だが応答がない。思いきり力を込めてドアをノックする。

リビングにはカーテンがかかっていたが、明かりがあるのが見えた。いるはずだ、とさらにノックしていると、ドアのロックが外れる音がした。

ドアが開いて笑顔の依里が顔を出した。

「あのさ……」

湊は話そうとした言葉を飲み込んだ。

依里の後ろから、依里の父親が出てきたのだ。

にやにや笑って湊を見ている。酒臭かった。

「教えてあげたら？」と父親は依里に笑いかけた。

すると依里が笑う。いつになく硬い笑みだった。

「僕ね、病気治った」

湊は無言で依里の顔を見つめた。すると依里は作り笑顔で「心配かけたけどさ、もう大丈夫」と言う。

父親が依里の肩に手を回して、笑顔でうなずいている。

「治ったって？」と思わず湊は口にしていた。

「普通になったんだよ」と依里は笑みを張り付けたままだ。

依里が父親にどこかに連れていかれてしまう。湊は焦っていたが、それを隠して笑みを浮かべた。

「元々、普通だよ」

すると、父親が一歩進み出て、割り込んできた。

「おばあちゃんちの近くになぁ。好きな子がいるんだよな？」

父親に言われて即座に、依里は「新藤《しんどう》あやかちゃん」と答える。

するとと父親が湊の顔をのぞき込んで酒臭い息で「今まで遊んでくれてありがとうね」と告げた。

依里も「ありがとうね」と言ったが、言い終える前に父親がドアを閉めて、ロックする音がする。

しばらく湊は呆然として立ち尽くしていたが、足を引きずって自転車まで戻った。

その時、背後でロックの外れる音がした。

ドアが開いて、依里が裸足で飛び出してきた。

「ごめん、嘘！」

湊は依里に駆け寄ろうとした。依里も湊に向かって手を伸ばしている。

だが、その直後に依里の父親がやってきて、依里を抱きかかえて家の中に連れ戻してしまった。

そして、中から怒号が聞こえてきた。

「こっちこい！　またお仕置きだ！」

湊の泣き声が聞こえてくる。

「やめて。助けて」

湊は玄関の前で、ドアを全力で叩いた。だが家の中は静まり返ってしまった。

湊はあることに気づいた。

依里は珍しく丸首のTシャツを着ていた。いつものように首もとを隠すタートルネックなどではなかった。だが依里の首から、いつか見たアザが消えていた。

あのアザは生まれつきのものではなく、父親が〝お仕置き〟をしているためにできていたのだ、と。

怒りと悔しさで、湊は泣いた。

だけど、なにもできなかった。


夏休みまで一週間を切って、五年二組の生徒たちはどことなく落ち着きがない。

それはいきなり保利が学校を辞めてしまったことも理由の一つだったが、やはり夏休みが待ち遠しいのだ。

だが湊は一人だけ暗い表情だ。

依里は七月に入ってからずっと学校を休んでいた。

どんな方法で連絡を取ろうとしても、まったく応答がない。携帯を父親に取り上げられているのだろう。おばあちゃんのところに行かされてしまったのだろうか。

「保利先生の代わりに、二学期からは新しい先生が来ます」と保利の代わりに朝の会を担当している学年主任の品川が言った。

さらに「困ったことがあったら、なんでも正直に相談してください」と付け加えた。

湊はうつむいてしまった。

学校に依里のことを相談したら……と思ったのだが、そんなことをすれば、自分のことをすべてバラすようなものだ。

バレないように、悪者にしてしまった保利先生はどうなるんだろう？　と思って苦しくなった。

去年、隣の小学校で〝事件〟が起きて、報道されたことがあった。湊と同じ小学四年生の担任をしていた男の先生が、〝不祥事〟を起こして一カ月の停職処分になったのだ。その時、湊の母親が怒っていた。「あんなことして、まだ教師続けられるのかよ」と。

湊が「なにをしたの？」と尋ねると、その先生は女子に「いやらしいことをしようとした」と母親が言ったのだ。

そんなことをしても先生を続けられるのなら、保利先生も、そういう風になるんだろう、と湊は思っていた。

その日は午後から、図工が二時間あった。校外で写生をするのだ、という。校外といっても範囲が決められているので、ほとんどの生徒が、目の前にある大きな公園に行く。湊は一人で画板とスケッチブックを持って、昇降口から外に出た。

するとすぐ目の前に保利が走ってくるのが見えた。

反射的に湊は学校に逃げ込んだ。

階段を駆け上がって、集会室の前までやってきた。

そこには誰もいないはずだった。

追いついた保利は笑顔を作って、湊に尋ねた。

「俺、君になんかした？　なにもしてないよね？」

いつか保利に謝りたいと湊は思っていた。しかし、謝れば、それはすべてをバラすことになる。

だけど、湊の嘘が、保利をここまで追い込んでいることは湊にもわかった。

湊は黙ってうなずいた。保利先生は〝なにもしていない〟。

すると不思議そうに考え込んでいた保利が不意に笑いだした。

校長先生や教頭先生の前で、もう一度同じことを聞くからうなずけ、と言われたら。

そしてすべてが嘘だと明かされてしまったら。すべてをバラさなければならなくなる。

なぜ体操着袋を投げ捨てて暴れたのか、なぜ絵の具まみれで依里を組み伏せていたのか、なぜ大翔たちのいじめを知りながら、トイレの個室に依里を置き去りにしたのか……。

湊は次第に恐くなって、笑っている保利の脇をすり抜けて階段を駆け下りたのだ。そして階段を踏み外して転んで膝を打った。

保健室で膝の擦り傷にガーゼを貼ってもらったが、軽傷とのことだった。母親が迎えに来るまで、生徒相談室で待機しているように教頭の正田に言われて、湊は相談室の長椅子に座っていた。

しばらくすると、廊下で品川と正田の声がした。

「なんで今になって保利先生が？」と品川は迷惑そうな声だ。

「いや、納得してないんじゃない、処分に」これは正田だった。

〝処分〟という言葉が湊を突き刺した。もう保利先生は先生を続けることができなくなってしまったんじゃないか……。

「いや、自業自得ですよ」

「もう勘弁してほしいなあ、面倒なことは……」

ぼやきながら二人の足音が遠ざかっていく。

〝自業自得〟ではない。

自分の秘密を守るために、保利先生を悪者にしてしまった。

保利先生はどうなるんだろう？　別の学校で先生を続けられるんだろうか。〝処分〟

……。

苦しくて、たまらなかった。

湊はテーブルの上の麦茶の入ったグラスを手にして、一口飲んだ。だが苦しさは変わらずに胸の中に居座っている。

開け放ったドアから風が入ってきた。カーテンが揺れている。

湊はグラスを手にして、ベランダに出た。

ベランダに出て、校庭を見渡しても、風に当たっても、苦しさは変わらなかった。

ベランダの手すりにもたれかかって、ため息をついた。

「ごめんなさい」と湊は声に出して言ってみた。保利先生に言えなかった言葉だ。

「誰に謝ってるの？」

いきなり声をかけられて、湊はビクリと身体を震わせた。

一〇メートルほど離れたベランダに校長の伏見が立っていたのだ。湊と同じく手すりにもたれかかって、校庭を見ていたようだ。

とっさに湊は告白してしまった。

「保利先生は悪くないです」

伏見は表情を変えない。

さらに湊の自白は続いた。押しとどめられなかった。少し気分が軽くなったような気がしていた。

「僕、嘘つきました」

「そう、一緒だ」と伏見は不思議な言葉を口にして、ベランダから部屋に戻ると、顔だけ出して、湊を手招きした。

湊は伏見に誘われるままに、その部屋に入った。そこは音楽室だった。

「校長先生ね、音楽の先生だったんだよ。昔は全国大会にも出てた吹奏楽部だったの」

もっと保利先生について尋ねられるのか、と思っていたが、伏見は棚からトロンボーンを取り出して、湊に持たせた。構え方を教える。

湊は伏見に言われるままに、トロンボーンを構えて、マウスピースに唇を押し当てた。

「唇、緩めて。唇を震わせるの」

伏見が唇を震わせてみせた。それを真似して湊も唇を震わせた。

マウスピースに当てて、同じように空気を送り込んでみたが、音が出ない。

「悪くないよ」と伏見が言いながら、うなずく。

湊はもう一度マウスピースに息を吹き込んだ。するとかすかに音が鳴った。

伏見はうなずきながら、棚の中から別の楽器を取り出した。

「もうちょっと軽いの……ホルンの方がいいかな」

伏見は少し考えるように首を傾けていたが「そうか、嘘言っちゃったかあ」と言いながら棚を探している。

「……僕はさ」

湊は切り出したものの、言葉に詰まってしまう。

「うん」と伏見がうなずく。

「あんまり、わからないんだけどね」

「うん」

「好きな子がいるの」

「そう」

伏見の顔に笑みが浮かんでいる。

「人に言えないから嘘ついてる。幸せになれないって、バレるから」

伏見は少し考えるように首を傾けていたが「じゃあね」と言って棚からホルンを取り上げた。

「誰にも言えないことはね」と伏見はホルンのマウスピースに息を吹き込む真似をする。

「ふーって」

湊はトロンボーンのマウスピースにまた口を押し当てた。

息を吹き込むと、驚くような低音が響いた。

伏見もホルンを吹いた。

伏見のホルンと湊のトロンボーンが会話でもするように、鳴り響いた。まったく曲にはならなかったが、巨大な動物たちが会話しているように聞こえた。

伏見はホルンから口を離した。

「そんなの、しょうもない。誰かにしか手に入らないものは幸せって言わない。しょうもないしょうもない。誰でも手に入るものを幸せって言うの」

湊はその言葉を理解できなかった。でも、いつか、それがわかる日が来るんじゃないか、と思えた。

湊と伏見は顔を見合わせると、微笑んで、同時に管楽器を吹き鳴らした。


午後一〇時には部屋に入って、母親には「眠い」と告げたのだが、眠気は襲ってこなかった。何度も依里に連絡を取ろうとしていたのだが、まったく反応がなかった。あの父親に携帯を没収されているのではないか、と思っていたのだが、壊されてしまったんじゃないか、と疑いはじめていた。

少し空が明るくなりはじめたころ、雨風がより激しくなりだした。

依里はどこにいるのだろう？　依里のおばあちゃんの家がどこなのか、湊は知らなかった。

依里の首のアザが心配だった。あの父親が言っていた〝お仕置き〟を想像するだけで恐くなった。

その時、湊は思った。孫が暴力を振るわれているのに、おばあちゃんは黙っているだろうか。少なくとも湊のおばあちゃんなら「やめろ」と言ってくれるだろう。だとしたら、やっぱり〝角のそば屋〟のあの新しい家の中に、いるんじゃないだろうか？　そこでまた〝お仕置き〟されているんじゃないか。

でも首のアザ以外に、依里の顔に傷がついていたりすることはなかった。なぜだろう？

家の中で殴ったり怒鳴られたりする依里の姿が目に浮かんで、思わず湊はベッドから起き上がってカーテンを開けた。

見たことがないような暴風雨だった。台風が直撃しているのだろうか。

時間は午前五時になっていたが、眠気はなかった。

湊はポンチョを手にすると、音を立てないように注意して、家を抜け出した。

激しい暴風雨で、防水仕様のポンチョでもほとんど意味がなかった。顔に叩きつけてくる雨が痛い。その雨が身体をつたって全身を濡らしていく。

人通りはまったくなかった。新聞配達の人も見当たらない。

湊は全力で走った。依里の笑顔を思い浮かべながら。

依里の家は真っ暗で、人の気配がなかった。

家の中の物音を聞こうと湊は耳を澄ましたが、暴風雨が邪魔する。

思いきってドアをノックした。応答はない。さらに強く叩いてみたが、家の中で人が動く気配はなかった。

また湊の脳裏に依里が〝お仕置き〟される姿が浮かび上がってしまった。

居ても立ってもいられなくて、湊は足音を忍ばせて庭に入ると、庭に面した大きなサッシ戸に手をかけた。引くと音もなく開いた。

靴を脱いで「星川くん」と小さな声で呼びかけながら、リビングと思われる場所に上がった。

真っ暗でどこになにがあるのか、わからない。

その時、足がなにかを踏んでしまった。アルミ缶だったらしく大きな音がした。

身をすくませて、しばらく湊は動けなかった。

よく見るとリビングの床には、大きなお酒の缶がたくさん転がっている。
やはり依里と父親は家にいるんじゃないか……。
湊は耳を澄ませた。聞こえてくるのは台風の風雨の音ばかりだ。
だがどこかで、別の水の音が聞こえてくる。
それは家でも聞いたことのある音に似ていた。
シャワーだ。
湊は携帯を取り出して、ライトを点灯した。
リビングの奥から、その音は聞こえてくる。
早朝にシャワーを浴びているのだろうか。それは父親なのか、依里なのか。
臆しながらも、湊は気が急いて、小走りになって浴室に向かった。
すると、浴室の扉は開かれたままだった。
シャワーが出しっぱなしで、浴室の床を濡らしていた。
浴槽の中に依里の姿があった。
ぐったりしているが、かすかに呻き声をあげている。
浴槽の中には水が半分ほど溜まっていて、そこに依里は着衣したまままつかっていた。
「星川くん！　ビッグランチが来るよ」
すると依里は薄く目を開けたように見えたが、すぐに閉じて、浴槽の中でぐったりとしてしまった。

湊は依里を助け起こそうとしたが、力がまるで入らない依里の身体を持ち上げることができなかった。

湊は浴槽の中に入って、依里の身体を抱えようとした。わずかに持ち上がる。

その状態を維持し、湊は浴槽から出て、全身を使って依里の身体を浴槽から引っ張りだした。

その時、依里のTシャツがめくれ上がって、背中が露出した。そこには複数のアザがあった。

父親は傷が目立たないように、服で隠れる部分を叩いたりして〝お仕置き〟していたんじゃないか、と湊は思って泣きそうになった。

水につけたのも、シャワーを浴びせて〝お仕置き〟をしていたのか……。

父親はどこにいるのか？　二階の部屋で酔っぱらって寝込んでしまっているのか。

だが湊は恐ろしくて、しばし動けなかった。

依里もポンチョを着ていたが、激しい雨で、湊と同じく全身がずぶ濡れだった。

それでも二人は走り続けた。湊は依里の体調が心配になったが、苦しそうな顔はしていない。

風呂場から依里をリビングに移すと、すぐに依里は目を開いた。まだ顔色が悪かったので、湊が脱衣所から大量のバスタオルを持ってきて、依里の身体を覆った。しばらくすると、依里の顔に赤みがさしてきた。そして「お腹すいた」と言いだしたのだ。

依里と湊が同時に思い出したのが、〝基地〟に貯《た》め込んでいた菓子だった。

二人は暴風雨の中、菓子を求めて全力で走り続けた。

線路跡地にまで二人はやってきた。トンネルの前に立つと、轟音が響いていた。トンネルの下で、いつもはちょろちょろと流れている水路には、茶色く濁った奔流が轟音を立てているのだ。

それでも二人は楽しかった。

「無事だ！」

トンネルの向こうに電車があった。

「本当だ」と依里も歓声をあげた。

トンネルを抜けて、電車に向かおうとすると、後ろで大きな音がした。

トンネルの脇にあった崖の木が倒れたのだ。さらに崖から土砂が流れてくる。

危機的状況だったが、恐くはなかった。二人は「わあ！　すごい！」と声をあげて、土砂崩れを見ていた。

ポンチョを脱ぎ捨てて、ボックス席に向かい合って座ると、依里が湊の頬についていた泥を手で拭った。

湊も依里の頬についていた葉っぱを手で取ってやった。

二人は笑顔で見つめ合っていたが、シートの上にあったクッキーの空き缶を依里が開けた。

中には様々な菓子が入っている。依里が〝いざという時のために少しずつ食料を貯めておこう〟と言いだして、二人で少しずつストックしていた菓子だった。

依里は食べかけのベビースターラーメンを取り上げた。

湊の手にベビースターラーメンを振り出した。

二人が次々と缶の中の菓子を食べていると、電車の屋根になにかが当たる音がした。続けて、地鳴りのような音もしてくる。車体が揺れる。

依里が天井を見上げた。

「出発するのかな」

期待に満ちた言葉だった。

「出発の音だ」と天井を見ながら湊も応じた。

旅立ちの時だ、と湊は確信した。

湊は依里の顔を見つめた。すると依里がうなずく。

依里が動いた。湊も同時に席を立った。

二人は電車の運転席に並んで立った。

運転席の窓から見る暴風雨の光景は、二人の気持ちを高ぶらせた。二人は身を乗り出して窓の外の景色を食い入るように見つめていた。

地の底から湧き上がるような轟音が響きわたった。二人が見つめていた窓の外の景色が黒く塗りつぶされ、二人の身体が宙に浮く。

その一瞬、二人は視線を交わした。


四月にあった火事以来の興奮が町を包んでいた。

消防車がサイレンを鳴らしながら、走り回っている。

少し風雨は和らいできたが、台風はゆっくりと進んでいて、なかなか天候は回復しない。

大翔の家は新聞配達店だった。いつもならとっくに終えている、チラシの挟み込みを大翔も手伝っていた。

店は慢性的な人不足で、時折大翔も手伝わなくてはならないのだ。そのせいで授業中に居眠りしてしまうこともしばしばだったが、太翔は決して泣き言は口にしない。今日は台風のせいで新聞の配達を遅らせているので〝お手伝い〟の時間も遅い。今日は居眠りをしなくても済みそうだった。

店の前をサイレンを鳴らしながら、消防車が走っていくのを見て、大翔が店の前に飛び出した。

真っ赤な車体が風雨をものともせずに駆ける姿に、大翔は見とれていた。

家でしたたかに酔って、依里を風呂場で水責めにした。苦しそうにしながらも、決して屈さない依里の顔を見ているうちに、なにもかも嫌になって、父親は家を飛び出した。

コンビニで買い込んだ缶チューハイを呷《あお》りながら、暴風雨の町をさまよい歩き、高架下にたどり着いた。地べたに座り込んでチューハイを飲んでいた。

つまみの袋が風に煽られて飛んでいきそうになった。それを押さえようと、依里の父親は急に立ち上がろうとして、足がもつれて、盛大に転んだ。

あまりに酔いすぎていて、身体の自由が利かなかった。

高架下からはみ出てしまったので、雨が降りかかっていたが、依里の父親は立ち上がれなかった。

父親は消防車のサイレンの音を聞きながら、なにか大声を張り上げていたが、それは言葉にならないわめき声にしか聞こえなかった。


巨大な水路の脇に黒い服を身につけた女性がたたずんでいた。

激しい風雨の中で傘もささず、レインコートも身につけていない。

女性は校長の伏見だった。

水路を流れる濁流を、ずぶ濡れの伏見は見つめ続けていた。

急に伏見は顔を上げた。まるで誰かに声をかけられたかのように。

だが伏見の周囲には誰もいない。


「死んじゃうぞ！」

消防団員が声を振り絞って警告しているが、前を走る男女二人は振り返ることもせずにトンネルに向かって駆けていく。

トンネルに向かっているのは早織と保利だった。

二人は口々に湊と依里の名前を絶叫しながら走り続けた。

二人は湊と依里が無事であることを請い願うように、その名を何度も叫んだ。

しかし、二人の声は激しい風雨にかき消されてしまった。

湊と依里が乗った電車は、土砂崩れに巻き込まれて、横転していた。電車を土砂がすっかり覆ってしまっている。

運転席にいた二人は、電車の割れた窓から抜け出して、下にあった水路に降り立っていた。

不思議なことに、トンネルの水路には大量の水が流れていたのに、電車の下の水路にはあまり流れていない。

二人とも泥だらけだ。水路の彼方に明るい光が見えた。

二人は光を目指して、四つんばいになって進んでいく。

水路から這い上がると、雨がやんでいた。まだ風が強いが、青空が見える。

小鳥たちが鳴き交わす声が聞こえる。

「生まれ変わったのかな?」と依里が、自分と湊の身体を見比べている。

「そういうのはないと思うよ」

湊が笑うと、依里も笑った。

「ないか」

「ないよ。もとのままだよ」
するとと依里が「そっか。良かった」と最高の笑顔を見せた。

僕たちの身体も〝脳〟も、もとのままだ。
だって星川くんの笑顔はあんなに美しい。

錆びついた線路の上を、二人は走っていた。
急に陽が照って、二人を陽光が包んだ。一気に空気が透明になっていく。
二人は歓喜の雄叫《おたけ》びをあげながら、走っていく。
二人の行く手には、あの錆びついた鉄橋があるはずだった。
鉄橋の手前にあった頑丈なバリケードが、二人を邪魔するはずだ。
だがそのバリケードが、跡形もなく消えているのだ。
鉄橋が二人を待ち受けている。

二人は未知の世界へと向かっていった。

この物語はフィクションです。
作中に同一の名称があった場合でも、実在する人物、団体等とは
一切関係ありません。

宝島社
文庫

怪物
（かいぶつ）

2023年5月8日　第1刷発行

脚　本　坂元裕二
監　督　是枝裕和
著　　　佐野 晶
発行人　蓮見清一
発行所　株式会社 宝島社
〒102-8388　東京都千代田区一番町25番地
電話：営業 03(3234)4621／編集 03(3239)0599
https://tkj.jp

印刷・製本　株式会社広済堂ネクスト

Printed in Japan
ISBN 978-4-299-03928-6

宝島社文庫　好評既刊

宝島社文庫

日曜劇場 TOKYO MER 走る緊急救命室 I

脚本：黒岩《くろいわ》　勉《つとむ》

ノベライズ：百瀬《ももせ》しのぶ

東京都知事直轄の医療チーム「TOKYO MER」。彼らの使命は〝死者を一人も出さないこと〟。チーフドクター喜多見幸太は、過酷な状況にも危険を顧みず飛び込んでいく。無謀ともいえる彼の行動に面食らうメンバー達だったが——。大人気ドラマが待望のノベライズ！

定価　770円（税込）

宝島社文庫　好評既刊

宝島社文庫

科捜研の女 ―劇場版―

脚本：櫻井《さくらい》武晴《たけはる》

ノベライズ：百瀬《ももせ》しのぶ

京都府警科学捜査研究所に所属する法医学研究員・榊マリコは、最新技術やデータを武器として数々の事件を解決に導いてきた。そんなマリコらが直面するのは、シリーズ史上最難関の事件「世界同時多発不審死事件」。ロングヒットドラマシリーズ初の劇場版を完全ノベライズ。

定価　750円（税込）